RJP
雪融けのオークショニア

雪《ゆき》融《ど》けのオークショニア

寺《てら》崎《さき》 昴《すばる》

ILLUSTRATION：兼《かね》守《もり》美《み》行《ゆき》

雪融けのオークショニア

LYNX ROMANCE

CONTENTS

雪融けのオークショニア

「二五〇万円、二六〇万円……三〇〇万円！」

　会場の一番前に嵌《は》め込まれた巨大モニターに映し出された数字が、進行役であるオークショニアの掛け声と共に膨れ上がっていく。

「三二〇万円」

　会場中央に並べられた椅子に座っていたひとりが、番号のついたパドルを上げた。それを指差し、オークショニアが価格を叫ぶ。

「三三〇万円」

　今度は会場の右隅から手が挙がった。電話を片手に、入札代理のスタッフが価格を吊《つ》り上げたのだ。

「三四〇万円」

　会場の入札参加者がパドルを掲げた。会場からは他にもう声はない。オークショニアが電話ブースに目を遣《や》った。

「三五〇万円」

　代理スタッフが手を挙げた。

「三六〇万円」

　すかさず会場内の参加者が価格を上げる。もう一度、オークショニアが電話ブースに目を遣った。スタッフが静かに首を振った。その瞬間、カンカンッ！　と木槌《きづち》が振り下ろされ、高らかに決着が宣言される。

「三六〇万円！　おめでとうございます。この絵皿は貴方《あなた》のものです！」

祝福の声に、会場中が沸き、拍手が鳴り響く。一分にも満たない攻防だった。

電話ブースのさらに後ろでオークションの成り行きを見守っていた岩倉瑞生《いわくらたまき》は、最後の出品に決着がついたところで、ほっと息をついた。

「予想落札価格のほぼ二倍だな」

瑞生の隣で同じくオークションを眺めていた支部長の小畑《おばた》が、嬉《うれ》しそうな声で囁《ささや》いた。瑞生はにこやかな表情で会場に拍手を送りながら囁き返す。

「そうですね。予想が外れたことは反省すべき点ですが」

瑞生の言葉に、またまた、と小畑が愉快そうに鼻を鳴らした。

「あえて予想落札価格を下げたのはお前の策略だろうが」

参加者に聴こえはしないだろうが、注意を払うに越したことはない。小畑さん、と瑞生が窘《たしな》めるように名前を呼ぶと、小畑は肩をすくめてようやく口を噤《つぐ》んだ。

小畑の言うとおり、オークションに出品される美術品の予想落札価格を本来の見積りより低く設定しようと提案したのは、瑞生だった。

オークションのざっとした流れはこうだ。

出品する美術品や工芸品を集め、開催されるオークションごとに写真や紹介文の載ったカタログを作る。

開催前にそのカタログや、下見会と呼ばれる実物を実際に見られる場で入札するかどうかを決めるのだが、あらかじめだいたいこのくらいの値段で落札されるだろうという予想金額を、オークション会社側が提示しておくのが決まりになっている。

今、東洋《とうよう》美術の人気は翳《かげ》りを見せている。先日、ニューヨークで行われた中国《ちゅうごく》美術品中心のオークションでは、落札された品物の数は出品されたものの半数にも満たなかった。当然、予想されていた合計落札額を随分割り込み、オークションを開催した会社が頭を抱えたと噂《うわさ》に聞いている。その現状を鑑みて、瑞生はまず入札参加者数を増やすことを優先して考えることにした。

カタログに載っている予想落札価格が高すぎると、「この金額は支払えない」と尻込みしてしまう人も多い。だからまずは予想を「このくらいなら参加してみようか」と思ってもらえる程度低めに設定して、参加を促すことにした。

それで本当に人が集まるか、落札価格が高騰するかはイチかバチかの勝負だったが、蓋を開けてみれば参加者もそこそこ集まり、オークションも白熱したものとなった。今回の出品物の合計落札額は瑞生が本来予想していた額の一・三倍にも吊り上がり、結果的には大成功だ。

丁寧に頭を下げて客を見送っていると、様子を見にきていた出品者が瑞生を見つけて近寄ってきた。

「岩倉さん！　今日は本当にありがとうございました。おかげで良い価格で手放すことができましたよ」

今回の目玉、魯山人《ろさんじん》の絵皿を出品した初老の男性だ。瑞生は人懐っこい笑顔で彼を迎えた。

「いえいえ、出品の決断をしていただいて、私のほうこそありがとうございました。おかげさまでオークションも盛り上がりました」

「いやぁ、初めてお会いしたときはまだ随分お若いから心配だったんですけどねぇ。さすが異例の大昇進を果たしたスペシャリストなだけありますよ。しかもあの岩倉一生《いっせい》先生の息子だなんてねぇ。こんな息子さんがいて、岩倉先生もさぞ鼻が高かったでしょうねぇ」

その言葉に、頬《ほお》が引き攣《つ》れるのをごまかすため、瑞生は深くお辞儀をした。

「ありがとうございます。また何かありましたら、ぜひ私どもにご相談ください」

海外に本社のあるオークション会社の日本支部、ランディーズジャパンで日本《にほん》美術のスペシャリストとして働く瑞生の名は、その審美眼から二十六歳という若さでマネージャーに抜擢《ばってき》され、二十九歳で支部長補佐の肩書きを与えられたシンデレラ・ボーイとしても、この業界に広く知れ渡っている。

そしてもうひとつ、瑞生の名を広く知らしめているのは、先ほどの会話にも出たとおり、父である岩倉一生のせいもあった。

瑞生の父は、日本美術史界の権威であり、何冊もの著書を出版し、日本美術史に触れたことのある人間なら誰もがその名を知っているほどの有名人だった。

その岩倉一生が、幼い頃から日本美術についてのありとあらゆる知識を教え込んだという、ひとり息子。

ランディーズジャパンに就職した際も、当時支部長だった人に散々言われたことだった。

——岩倉一生の息子ということになる。その期待を裏切るなよ。

言われなくてもわかっている。美術に関わる仕事を選んだときから、瑞生がその重圧と戦っていかなくてはいけないことは、痛いくらいに。


瑞生が大学三年のとき、父である岩倉一生は肝臓がんで他界した。

彼が所有していた古美術品の処理を、母は瑞生に任せると言った。彼女は美術に関してはてんで素人で、下手をすればかなり低い値で買い叩《たた》かれるかもしれないと、瑞生も渋々ながらそれを了承した。最初は、せっかくなら少しでも家計の足しになるように高値で売りたいという下心だけのつもりだった。

父の倉庫に入るのは、数年ぶりだった。そして瑞生は倉庫にしまわれていた美術品を見たとき、文字どおり身体が震えるほどの驚きを体感した。

一目見ただけで、わかったのだ。その美術品がどれほど価値のあるものか、いつどうやって創られた作品なのか。

長いこと美術品から目を背けていたが、瑞生の脳内の片隅には父の教えがずっと息を潜めて住み続けていたらしい。

絵画、焼き物、観音像。それらを間近で視界に入れるたび、フラッシュバックのように一気に膨大な知識が頭の中を駆け抜けていった。

――これを使わない手はない。

ちょうど就活を始める時期に差し掛かっていた瑞生は、ふと閃《ひらめ》いて、この知識が役に立つ仕事はないかと探しはじめた。そして辿《たど》り着いたのがオークション・スペシャリストという職業だった。

オークション会社の仕事は、ざっくり言うと、価値のある美術品を発掘し、鑑定士に頼んで査定を行い、オークションに出品しないかと所有者に持ち掛け、それを売り出すためのオークションを開催することだ。

美術品を取り扱うのだから儲《もう》かるだろうと思われがちだが、あくまでも出品の手伝いをするだけなので、会社に入る利益はその手数料だけである。

古美術商は当たりも大きければ贋作《がんさく》や盗品を摑《つか》まされるリスクも高い。その点オークション会社は堅実だと言えるだろう。

営業職と同じように、収集家や古美術商などを回って、珍しいものはないか、新しいものはないか、情報を仕入れていく。この仕事は情報が命だ。人脈をつくり、話を聞き出し、所有者が出品したくなるように説得していく。そのために必要なのは、しっかりした人間関係を築くこと。信頼に足る人物だということを相手に示せなければ、重要な情報はどんどん瑞生を素通りしていくことになる。だから瑞生は足しげく取引先を回り、コミュニケーションを取るよう心掛けていた。

今日も八月の茹《う》だるような暑さの中、瑞生は日本支部のある東京《とうきょう》から古美術店の建ち並ぶ奈良《なら》の町に出向いていた。

「こんにちは」と浮世絵専門店の暖簾《のれん》をくぐると、「岩倉さん、いらっしゃい」と愛想のいい声で主人の竹本《たけもと》が瑞生を迎えた。

「いやあ、暑いですなァ」

冷房の効いた室内にいるにもかかわらず、竹本は手拭いでつるつるの頭を拭きながら、瑞生を応接スペースに案内した。

壁に掛けられた浮世絵はどれも見たことのあるものばかりだ。だが、良いものは変色しないように丁重に暗所で保管してあるので、店に飾ってないからと言って良品がないとは限らない。

「何か目新しいもの、入りましたか？」

「何点か仕入れましたけどね、岩倉さんのお眼鏡に適《かな》うモンがあるかどうか」

竹本は刷新した店のカタログを瑞生に手渡し、「まあ、ゆっくり見とってください」とお茶を淹《い》れに奥に引っ込んでいった。

瑞生はソファに腰かけ、刷りたてのカタログを膝の上で開いた。

有名な浮世絵師の作品から無名の作品まで、写真と共に解説が並んでいる。

数ページめくったところで、瑞生は手を止めた。まだ見たことのない作品があったのだ。

はだけた着物の女が、美しい黒髪を結い上げている光景を描いたものだった。作者は喜《き》多《た》川《がわ》歌麿《うたまろ》とある。人気の浮世絵師だが、瑞生も知らない作品だった。

「何か気になるモンはありましたかね？」

冷茶を盆に載せて戻ってきた竹本が訊《き》いた。

「これ、現物見せてもらえますか？」

瑞生が指差した浮世絵に、竹本が狐《きつね》のように目を細めて笑った。

「さすが岩倉さんやなァ」

そしてまた店の奥に引っ込み、今度は薄い箱を持って戻ってきた。慎重にそれを開けると、中には瑞生が所望していた浮世絵が入っていた。

色白でほんのり桃色がかった女の肌に、まず目が奪われた。無防備にはだけた着物の合わせから、たわわな乳房が覗《のぞ》いている。そして繊細に描かれた黒髪の一本一本。愁いを帯びた表情。

「素晴らしいですね。色遣いも構図も」

「そうでしょう？　私も気に入っとるんですわ。何より色っぽいですしなァ」

ハンカチで口元を押さえ、瑞生は浮世絵に顔を寄せて細部を眺めた。黒色の主線の他に、あえて色を載せずに凹凸だけで輪郭線を表現する空摺《からず》りと呼ばれる技法が使ってある。

おそらく江戸時代後期に刷られたものだろう。浮世絵は肉筆のものもあるが、ほとんどが木版画だ。何度も刷ることができ、同じ絵が何枚も作られる。だが、すべてが同じ価値というわけではない。何度も刷られると木版が傷み、絵が荒れてくる。だから保存状態にもよるが、だいたいにおいて、刷られた順に高い値がつく。

そしておそらく、この美人画はかなり初めのほうに刷られたものだ。

「来歴は？」

「それは内緒ですわ」

意味深に竹本が答えた。どうやら裏のルートを巡ってきた一品らしい。まさか盗品ではないだろうが、瑞生はそれ以上前の持ち主について問うのはやめた。

「保存状態もかなりいいですね」

目立った染みも日焼けも破れもない。

「岩倉さんはこれにいくらつけます？」

顎を撫《な》でながら竹本が訊いた。

本来、こうして営業に回るスタッフは、自分で査定はしない。オークション会社はただの仲介役だ。そこまでの能力を求めるのはお門違《かどちが》いだし、普通そういうのは鑑定士に任せるものだ。

だが、瑞生が若くしてスペシャリストの称号を与えられた所以《ゆえん》はここにあった。

鑑定士ばりの審美眼と、日本美術に関する膨大な知識。幼少から父に厳しく教え込まれたせいで、瑞生の頭にはそれらが消えることなくびっしりと刻まれている。そしてさらに、就職してから身に着けた、オークションについての商売知識。

「……そうですね。私の見る限り、歌麿でまず間違いはないでしょうね。本物だとして、これの他に刷ったものが発見されていないのなら、軽く見積もっても八〇〇はいくんじゃないでしょうか」

「そんなに？」

竹本の予想とは大きく違ったようで、彼は目を見開いて瑞生を凝視した。

「根拠は？」

試すような口調に、瑞生は苦笑した。

「単純な引き算ですよ」

「引き算？」

「ええ。同じ喜多川歌麿作品の中で最高の品と言われるものから、出来栄えや保存状態、希少性、その他諸々を差し引いて、八〇〇ちょっと。海外のオークションならやりようによってはもう少しつくと思います」

「なるほどねぇ。八〇〇か。歌麿作品は私もかなり見てきたけど、そんな自信満々に判定できませんワ」

「出品してみます？」

瑞生がいたずらっぽく首を傾《かし》げると、竹本は少し迷ったようだ。だがすぐに首を横に振った。

「いやいや、これはもうちょっと手元に置いときたいですわァ。でもちょっと揺らいじゃったよ。いっても五〇〇くらいやと思っとったから」

「出品の際はいつでもご依頼ください」

八〇〇かァ、と竹本はまだ名残惜しそうに顎をさすっている。今強引に押して出品にこぎつけても、コレクター気質のある竹本はあまりいい気はしないだろう。ここはいったん引いて、竹本が浮世絵を十分に堪能し、所有欲を満たしてから竹本自ら瑞生に連絡してくるのを待つのが得策だ。

他にも数点気になるものを見せてもらい、お茶を飲みながら世間話をして、瑞生は店をあとにした。

その後、他の美術商にも顔を出し、世間話ついでに情報を探り、前からお願いしていた何点かの出品の約束を取りつけたものの、特に掘り出し物はなさそうで、瑞生は落胆したままホテルに戻った。

翌日は京都《きょうと》を回る予定だ。食事も軽く済ませたし、早めに休んで明日に備えようとスーツを脱ごうとしたところで、スマートフォンが鳴った。表示を見ると、的《まと》場《ば》克博《かつひろ》とある。瑞生は逡巡《しゅんじゅん》し、ため息をついたあと、通話ボタンをタップした。

「もしもし、岩倉です」

『……ミズキ、久しぶりだね』

低く粘ついた声が耳元で囁いた。

「お久しぶりです、的場さん」

眉をひそめそうになるのを律し、できる限り愛想よく、瑞生は言った。

「何かありましたか？」

『今、奈良にいるんだって？』

「はい。出張で」

おおかた、小畑にでも聞いたのだろう。

『私も今奈良にいるんだ。今から会えないかな？』

「今からですか？」

　時計を見ると、午後九時過ぎ。的場に会うとなると、おそらく少し話をして終わり、では済まないだろう。移動の時間を考えても、確実に日をまたぐことになる。

　だが、的場の「会えないか」は「来い」という意味で、瑞生には選択肢がないも同然だった。

「どこにいらしゃるんです？」

　瑞生が訊くと、ふっと空気が擦《こす》れる音がして、的場が笑った。

『実は君と同じホテルにいるんだ』

　驚いたかい、と上機嫌に的場が言い、瑞生は内心薄気味悪さを感じつつ返事をした。

「そうだったんですか。じゃあ今から伺いますね」

　部屋番号を訊くと、的場がいるのは最上階のスイートルームだった。瑞生は脱ぎかけていたスーツをもう一度着直し、部屋を出た。

　的場と初めて会ったのは、瑞生がマネージャーを任された二十六歳の頃だった。的場はもともと小畑の顧客で、海外のオークションにも時折参加しているという収集家だ。具体的に何の仕事をしているかは知らないが、会社を経営しているというのだから、かなりの富裕層なのだろう。

　そしてただ単に収集家という肩書きだけでなく、的場には様々なコネクションがあり、情報屋としての顔も持っていた。瑞生が的場を無下にできないのは、このためである。

　瑞生も相当日本美術界には顔が広いが、的場はさらにその上をいく。アンダーグラウンドな世界にも精通していて、それ相応の人間しか知り得ない情報も的場なら知っていて当然だったし、そしてその情報を、とある交換条件の下、瑞生にも提供してくれていた。

「的場さん、岩倉です」

コンコン、とノックすると、すぐにドアが開いて的場が現れた。

「やあミズキ。今日も相変わらず綺麗《きれい》だね」

とても四十五歳になるとは思えないずっしりとした熊のような体軀《たいく》に、一見温厚そうなおっとりとした顔つき。すでにバスローブ姿でシャワーも浴びた様子で、バスオイルのせいか薔薇《ばら》とイランイランの香りがしている。

的場は両手を広げ、瑞生にハグを求めた。瑞生はその胸の中に飛び込みながら言った。

「綺麗だなんてやめてくださいよ。もう三十二にもなるのに」

「三十二なんてまだまだ若いよ」

するりと腰に手が回され、そのままやわやわと尻を揉《も》まれる。

「んっ、的場さん、ここじゃちょっと……」

「ああ、ごめん。待ちきれなくて」

瑞生が後ろ手にドアを閉めると、的場は瑞生の首筋をねっとりと舐《な》めあげ、しゃぶりつくように唇を吸った。そして寝室に置かれたキングサイズのベッドに瑞生を押し倒すと、ネクタイを引き抜いて、乱暴にシャツを暴いた。

的場が持っている情報を提供する交換条件とは、瑞生が身体を差し出すことだった。貴重な情報を瑞生に教える代わりに、的場はこうして瑞生を抱く。

「あの、私まだシャワー浴びてなくて」

「ああ、ほんとだ。汗の匂いがするね。今日は暑かったから」

くんっ、と匂いを嗅がれ、羞恥に瑞生は頬を染めた。

「待ってください。シャワー浴びさせて……」

「このままでもいいのに。私は好きだな、君の匂い」

的場は嫌がる瑞生を押さえつけ、脇の下に鼻先を埋《うず》めた。

「や……っ」

ふふふ、と愉快そうに的場が笑い、今度は胸の先端を摘《つま》んだ。んっ、と瑞生の身体が跳ねたのを見て、さらに強く捏《こ》ね回し、揉みしだいていく。

「あっ、あんっ、的場、さん……」

痛いのは好きではない。しかし瑞生はそれが顔に出ないよう、喘《あえ》いでみせた。バスローブ一枚の的場はすでに股間を隆起させ、その硬くなった先端が瑞生の太腿《ふともも》に押し当てられた。スーツに染みがつきそうで、瑞生はひっそりと唇の裏側を噛《か》んだ。

もともと瑞生は生粋のゲイで、男に抱かれるのにも慣れてはいたが、それでも今までの人生、顔が好みの男としかセックスはしてこなかった。そして瑞生のこの態度からもわかるように、的場は決して瑞生の好みではない。一応、見た目には気を遣っているようだし、不細工というわけではないのだが、ねちっこい性格と強引なセックスにもう何年も付き合わされていて、これで的場を好きになれと言うのは無理がある。

「会うたび思うが、君は本当に美しい。君自身が芸術品のようだ。小さくて整った顔も、手足の長さも、肉付きも。それから、ふふっ、ペニスのかわいらしさも」

ねっとりした視線で瑞生の身体を眺めながら、的場は瑞生を裸に剝《む》いた。自身もバスローブを脱ぎ、鍛えているという自慢の肉体を瑞生に晒《さら》す。瑞生はシャワーを諦めて、おとなしく的場にされるがまま身体を開いた。

苦手な人間相手でも、触られれば何とか勃起はするし、挿《い》れられる側なので後ろでイッたふりもできる。

「あっ、あっ、そこ……、もっと、もっと突いてください……っ」

的場のペニスを身体の奥深くに受け入れながら、甘い声と吐息で感じているふりを繰り返す。ゴッゴッと遠慮なく内壁を擦られ、呻《うめ》き声が出そうになる。それを無理やり喘ぎに変えて、瑞生は胎内で的場が弾けるのをただただ待った。

的場の残滓《ざんし》を洗い流すため、瑞生はシャワーを借り、ついでに張ってあったお湯にも浸《つ》かった。的場には不似合いだろうにご丁寧に薔薇まで浮かべてあり、花に囲まれた的場を想像して笑いを噛み殺していると、当の本人がバスルームのドアを開けて言い訳のように言った。

「ミズキに似合うと思って用意させたんだ」

「ありがとうございます。綺麗ですね」

瑞生が薔薇を引き寄せ匂いを嗅ぐと、的場はそれを見て美術品を観察するように目を細めた。お世辞などではなく、的場は本気で瑞生の美しさに見惚《みと》れているようだった。じっと見つめられ、居心地が悪くなって瑞生が苦笑すると、「髪を洗ってあげようか」と的場が言った。

「いいんですか？」

「ああ」

瑞生は浴槽の縁に首を預け、上を向いて目を閉じた。思ったよりやさしい手つきで的場が髪に触れた。

「鎌倉《かまくら》はもうあらかた回ったかい？」

シャンプーを泡立てながら、的場が訊いた。仕事の話だ、と瑞生はわずかに身体に力を入れた。だが、それを悟られぬよう、ゆっくりとまた力を抜く。

「はい。目ぼしいところは。でも、古美術商として看板を出しているところがほとんどですし、まだ私の知らない個人収集家がたくさんいるでしょうね」

「応挙《おうきょ》は見つけた？」

――応挙。

その名前に、思わず瑞生は目を見開いた。

丸山《まるやま》応挙は江戸《えど》時代の絵師だ。目で見たものをそのまま写し取る写生を重視した精密なタッチが特徴で、代表作は国宝にも選定されている雪松《ゆきまつ》図屏風《ずびょうぶ》、牡丹《ぼたん》孔雀図《くじゃくず》や群鶴図《ぐんかくず》、それから落語にもなっている返魂香《はんごんこう》之《の》図《ず》などがある。おそらく美術に造詣の浅い人でも、応挙の絵を一度くらいは見たことがあるはずだ。それほど長く、そして広く愛されている作品を多く遺《のこ》している絵師で、日本のみならず、海外にもファンが多い。

「応挙の作品を持っている人がいるんですか？」

目の色を変えた瑞生に、的場は満足そうに笑った。

「鎌倉のある先の短いご老人がね。幻と言われた応挙の作品を持ってるらしい。しかもそれを売りたがってる」

瑞生は息を呑《の》んで的場を見つめた。手放したいと思っているなら、行かない手はない。その老人の居場所を今すぐ教えてほしい。

ふふっと的場が笑ってシャワーのコックを捻《ひね》った。

「そんなに焦らなくても、詳細はあとでメールするよ。ほら、目を閉じて」

ぬるいお湯が、サアッと額にかけられる。瑞生は再び目を閉じて、興奮した心を落ち着けようと呼吸を整えた。

トリートメントも丁寧に施され、風呂上がりにはドライヤーまでかけてもらうことになった。まるで飼い猫だ。

　シャンパンを飲んで火照りが冷めた頃、そろそろ部屋に戻ろうと瑞生が脱いだスーツを着直そうとしたところで、的場が思い出したように声を上げた。

「ちょっと待ちなさい」

「なんです？」

　的場は瑞生を欲しがるわりに、決して朝まで一緒に過ごそうとはしない。どんなに疲れていても、瑞生を帰すか、的場が帰る。瑞生としても長時間一緒にいたい相手ではないので、的場が作ったその決まり事はありがたかったのだが、まさか今日は朝までいろと言われるのだろうか。

　だが的場は瑞生の戸惑いをよそに立ち上がると、クローゼットから真新しいスーツを取り出してきて、瑞生に渡した。

「着てきたものは乱暴に脱がしてしまったからね。しわになってるだろう。明日の京都はこれを着て行くといい」

　ダークグレーの布地に、白のストライプが入った夏物のスーツだった。

　的場はよくこうして瑞生に物を与える。はじめのうちは高級品を受け取ることに抵抗があったが、今では素直に受け取るほうが的場の機嫌がいいとわかり、遠慮なくもらうことにしている。それに、悔しいことに、見識のある収集家なだけあって的場の見立てはなかなかにいい。今回のスーツもデザインに文句はなく、サイズも測ったようにぴったりだった。

「ありがとうございます。かっこいいですね。なかなかスーツなんて新しいの作らないから、嬉しいです」

微笑《ほほえ》んで礼を言うと、的場はまた目を細めた。

「じゃあ、また会えるのを楽しみにしてるよ、ミズキ」

「ええ」

部屋のドアが閉まるまで、瑞生は笑顔を貼りつけたまま、名残惜しげに的場を見つめるふりをした。


いつもどおり京都での営業も終え、冬に開催予定の国内最大規模のオークションに出品する品も、順調に出揃《そろ》ってきた。目玉である狩野派《かのうは》の掛け軸も交渉済みで、あとはそれらの詳しい査定とカタログ作りを残すところとなった。

京都にいるあいだも、瑞生は鎌倉へと思いを馳《は》せていた。

幻の応挙。

的場に所有者についての情報をもらってはいたが、作品そのものについての情報はほとんどなかった。実際見てみないことには真偽や価値を含めて判断しようがない。

早く。早く。

瑞生は逸《はや》る心を持て余しながら東京へ戻り、自宅へ帰らず会社に直行すると、すぐ小畑に鎌倉行きの許可をもらった。

「鎌倉に何かあるのか？」

慌ただしく報告書を仕上げて、次の出張の準備をする瑞生に、小畑が訊いた。まだ確定事項ではないだけに、少し考えて、瑞生は言うのをやめた。

「知り合いから売りたいものがあると連絡が来たもので」

「ふうん。……あ、そういえば、的場さんには会ったか？」

やはり小畑だったのか。瑞生は口角に力を入れて引き上げつつ、頷《うなず》いた。

「はい。お酒をご馳走《ちそう》になりました」

シャンパンも飲んだし、嘘《うそ》は言っていない。

「どうせめちゃくちゃ高い酒だろ？　いいなぁ、的場さんに気に入られてて」

「私となら美術品の話ができるからですよ。延々と芸術について語られてもいいのなら、今度小畑さんも誘ってあげてくださいって言っておきますけど」

的場と飲みにいったときのことを思い出したのか、小畑は顔をしかめた。

「遠慮する。あの人、話が長いんだった」

しつこいしね、と瑞生は心の中で付け加えた。

小畑は、的場が情報屋だということを知らない。ましてや、瑞生が的場と寝ているなどとは、想像もしていないだろう。

小畑に初めて的場を紹介された数日後、瑞生個人に宛てて的場から連絡があった。いい情報があると誘われ、のこのこ出向いた先で、瑞生は選択を迫られた。身体を差し出し、的場の持つ膨大なネットワークを手に入れるか、みすみすそれを逃して徒花《あだばな》を咲かせるか。

瑞生は迷わず抱かれることを選んだ。

そのことについて、煩わしさはあれど後悔もしていないし後ろめたさもない。瑞生にとって、的場との関係はれっきとしたビジネスだった。隠さなければならないことだとしても、誰かに責められる謂《いわ》れはない。

「それじゃあ、二日ほど空けますが、わからないことがあれば電話してください」

「ああ、行ってらっしゃい」

てきぱきと応挙についての資料を集め、瑞生は二時間ほどで再び会社を出た。

横須賀《よこすか》線で品川《しながわ》駅から約一時間。北《きた》鎌倉駅で降りると、瑞生はスマートフォンでもう一度地図を確認した。目的地は駅からそう離れていない。

県道沿いを南東に向かって歩くこと十分。住宅街のなかに、それらしき家が見えてきた。竹垣で囲まれた古い日本家屋で、表札には『川瀬《かわせ》』とある。

昨日のうちに電話でアポイントメントを取り、午後二時にお宅に伺うことになっていた。約束の時間より一時間早く着いた瑞生は、近くの喫茶店で時間を潰すことにした。

応挙の所有者は、川瀬寿彦《としひこ》という八十三歳の男性だった。奥さんは八年前に亡くなっていて、今は孫と二人暮らしをしているらしい。応挙の他にも骨董《こっとう》品を集めているようだが、オークションで高額取引できるようなものはないという。

的場から送られてきたメールを読み返しながら、瑞生はゆっくりと深呼吸をした。応挙の存在を知った数日前から、気を抜けばふわふわと手を離れた風船のように心が浮ついてしまう。

早くこの目で見てみたい。

今までも、世に知られている応挙の作品は何点も実物を見てきた。なかには数千万円の値がつくものもあり、その美しさと技術の高さ、時代が幾度変わろうとも色褪《あ》せない迫力は、目を閉じて思い浮かべるだけでもため息が出るほどだ。

そして、川瀬氏の自宅に眠るのは、まだ世に出ていない幻の応挙だという。

的場の情報は信頼性の高いものだ。応挙であることはまず間違いないだろう。だが、本物だと言っても保存状態如何《いかん》では価値が大きく違ってくる。

どうか破損がありませんように、と瑞生は祈るように窓の外に広がる空を眺めた。

逸る気持ちを抑え、二時ちょうどに瑞生は川瀬宅の呼び鈴を押した。

「こんにちは。昨日お電話したランディーズジャパンの岩倉と申します」

しばらくすると、「はいはーい、玄関まで入ってきてください」とインターフォンのスピーカーから老人にしては張りのある声がして、瑞生ははっと表情を引き締めた。

アプローチを抜けて玄関まで辿り着いたところで、勢いよく引き戸が開いた。出てきたのは、瑞生より頭ひとつ分背の高い、野性的な顔立ちをした男だった。年の頃は瑞生と同じ三十前後。おそらく同居しているという川瀬氏の孫だろう。

瑞生は彼の顔を見て、うっと呻きそうになった。悪い意味ではなく、ただ彼があまりにもストライクゾーンのど真ん中だったからだ。

昔から、おとなしげで線の細い自分とは正反対のワイルドな男に惹《ひ》かれることが多かった。初恋の相手は中学の体育教師だったし、高校や大学でも好きになるのは程よく身体の引き締まった、例えるなら草原を駆けるライオンのような、眼光の鋭い男ばかりだった。

目の前に現れた男もまた、彼らにほど近かった。半袖から伸びた腕はしなやかそうな筋肉に覆われ、適度に鍛えられているのがわかった。そして何と言ってもその顔立ち。くっきりと彫りの深い二重まぶたに、高い鼻梁《びりょう》と下だけ少し厚めの唇。眉はキリリとした太めの直線だ。

ただ、残念なことに、その美貌を隠すかのように野暮ったい分厚いフレームの眼鏡ともっさりした髪の毛が顔の大部分を覆っていた。美術品と同じく、人の顔を観察する癖のついた瑞生でなければ、パッと見たくらいでは彼の素顔の精巧さには気づかないだろう。どうしてわざわざせっかくの顔を隠すのかわからないが、もったいない。何か事情があるのか、あるいは容姿に無頓着なのか。

瑞生がもう一度名乗って名刺を差し出すと、彼は「こんにちは。ご丁寧にどうも」と人の好《よ》さそうな柔和な表情であいさつを返した。その意外さに、瑞生はわずかに目を瞠《みは》った。ワイルドどころか、その笑顔には牙を抜かれたペットのような丸みがあった。笑うと目尻にぎゅっとしわができる。普段

からたくさん笑っている人なのだとわかって、少し後ろめたさを感じて身を引いた。

「祖父とお会いになる約束でしたよね」

「ええ」

「孫の川瀬誉也《たかや》です。ご案内しますので、どうぞお上がりください」

引き戸をさらに開いて、誉也は瑞生を中に入るよう促し、それからまじまじと瑞生を眺めた。

「何か？」

その視線に気づいて首を傾げると、誉也は恥ずかしそうに首の後ろを掻《か》いた。

「いや、オークション会社の人が来るとは聞いてたんですけど、まさかこんな若くて綺麗な人だとは思ってなくて。あっ、男の人に綺麗は失礼ですよね」

へへっと子どものようにはにかむ彼を見て、瑞生は内心ため息をついた。顔は好みなのに、何と言うか、残念な感じだ。

「いえ、ありがとうございます。でも、私もとうに三十路《みそじ》ですから、それほど若くはないですよ」

「えっ、俺より年上なんですか？」

「三十二です。貫禄《かんろく》ないですかね」

落ち込んだふうに訊くと、誉也はぶんぶんと首を横に振った。

「いえ、馬鹿《ばか》にしたとかではなく！　若々しいって意味で、褒め言葉ですよ」

「川瀬さんはおいくつですか？」

「二十九です」

「ああ、いいですね。見た目どおり」

見た目は年相応だが、喋《しゃべ》るともっと年下に思える、とは口に出さなかった。

京都で買った手土産を渡し、靴を脱いで行儀よく揃えたあと、誉也に案内された客間に行くと、件《くだん》の川瀬氏が床の間に背を向けて座っていた。

的場は老い先短いと揶揄《やゆ》していたが、まだまだ闊達《かったつ》そうなご老人だ。

瑞生を見ると、川瀬氏は誉也と同じように驚いた顔をした。

「お邪魔いたします。ランディーズジャパンの岩倉と申します」

立ち上がろうとした川瀬氏を制し、瑞生は川瀬氏の傍《そば》に正座し、名刺を差し出した。

「お時間を取っていただき、ありがとうございます」

「いえ、こちらこそわざわざ出向いてもらって」

名刺を受け取り、川瀬氏はまた驚いた顔をした。

「まだお若いのに支部長補佐ですか」

「私のような若輩者でご不安なのはわかります。が、ただ名ばかりの肩書きではありませんので、ご安心ください」

自信満々の瑞生の自己紹介に、川瀬氏が笑った。

「実力も自信もあると？」

「素晴らしい作品をお持ちの目利きの方に新人を向かわせるなど失礼なことはできませんから」

瑞生の態度に、川瀬氏は気を悪くしたふうでもなく頷いて、「ま、向こうにお座んなさい」と座卓の向かいを指差した。

「失礼します」

瑞生が座り直したところで、いつの間にかいなくなっていた誉也がお茶を持って客間に戻ってきた。おもたせですが、と瑞生が土産に持ってきた水まんじゅうも出される。それでもう誉也の役目はおしまいかと、見目のいい男を鑑賞することへのほんの少しの下心を含んで名残惜しさを感じていると、川瀬氏が彼を引き留めた。

「誉也も座んなさい」

「え？　いいの？」

「年寄りひとりで若い人の相手をするのも骨が折れるんだ」

「じゃあ俺の分のお茶も持ってくるよ」

そそくさと誉也が部屋を出て行き、すぐにバタバタと戻ってきて、卓のもう一辺、瑞生と川瀬氏のあいだに座った。それを眩《まぶ》しそうに眺めたあと、川瀬氏は瑞生に向き直った。

「そう言えば、岩倉という姓が気になったのですが、もしかして岩倉一生先生のご子息ですかな？」

この仕事をしているとまま訊かれることだ。慣れたこととはいえ、父の名を耳にするたび、瑞生は胸に苦いものが溜《た》まっていくのを感じずにはいられなかった。

さっそく応挙について話をしたかったが、しかし焦るのもみっともなく思えて、川瀬氏の世間話に付き合うことにした。

「はい。岩倉一生は私の父です。ご存知でしたか」

「有名人だからねぇ」

岩倉一生。瑞生の父であり、瑞生がこの世で最も嫌悪している存在。

もう亡くなって随分経《た》つが、その名を聞くたびあの頃の思い出が蘇《よみがえ》ってくる。

幼い頃から、瑞生は美術史界の権威、岩倉一生のひとり息子として厳格に育てられてきた。

瑞生がまだ小学校に上がりもしない五歳頃から、父の休日には日本全国ありとあらゆる神社仏閣、美術館、博物館を回り、建築物や美術品の歴史について事細かに説明を受けていた。幼い瑞生にその価値などわかるはずもないのに、父は難しい言葉を繰り返し繰り返し、刷り込むように言い聞かせ、帰りの新幹線では教えたことを瑞生に暗唱させた。間違えると折檻《せっかん》され、食事を抜かれることもしばしばで、やがて泣き喚《わめ》いても、どんなに甘えた態度を取っても無駄だと悟ると、瑞生は父といるときほとんど笑顔を見せなくなった。必要なこと以外口を開くこともなくなり、瑞生は父に教えられたことをひたすら覚えるだけの人形となっていった。

母親はというと、そんな瑞生を見ても庇《かば》ったり、父にやめるように言ったりすることもなかった。母はいつも父の言いなりだった。

そんな美術漬けの生活は、瑞生が高校生になるまで続いた。

両親の望むまま、県内一の進学校に入った瑞生だったが、その頃にはもう自分が同性愛者だということを自覚しており、そして人よりも見目がいいということと、それゆえ自分に劣情を持つ男子がいることも理解していた。

そして瑞生は、高校二年生の夏、ひとつ上の先輩と恋仲になった。それまで人形のように仮面をかぶって生きてきた瑞生は、彼と出会ったことで再び人間として息を吹き返し、半生を取り戻すかのように肉欲に溺《おぼ》れた。

ある日、何がきっかけだったか覚えていないが、その先輩に父との確執を打ち明けた。

先輩は父を異常者だと罵った。自分の子どもを所有物のように扱い、洗脳する異常者だと。

彼に溺れ切っていた瑞生は彼の言うことに深く納得し、それから少しずつ、父に反抗するようになっていった。先輩が高校を卒業し、疎遠になって別れたあとも、父への反抗は続いた。体格もほぼ父と並び、怒鳴りつけられても殴り返せる力があると思えば怖くなくなり、瑞生が凄《すご》むと父もやがて黙るようになった。

必然的に、瑞生は日本美術が大嫌いになった。

父から解放され、瑞生は残りの高校生活を仲間と遊んで過ごし、大学も美術とはまったく関係のない経済学部に入ってひとり暮らしを始めた。電車で一時間もかからないのに、実家にはほとんど戻らなかった。

そして、大学三年のある冬の日のことだ。

「しかし、惜しい人を亡くしましたな」

川瀬氏が誉也の淹れたお茶を啜《すす》りながら言った。昔のことを思い出していた瑞生は、見つめていた卓の木目から顔を上げ、頷いた。

「ええ」

「もう十年以上になりますかな」

「そうですね。私が二十一のときでしたから、もう十一年になります」

「そんなになるかねぇ。早いもんだねぇ」

懐かしむように川瀬氏が目を細めると、誉也が首を傾げた。

「じいちゃん、岩倉さんのお父さんと知り合いなのか？」

いやいや、と川瀬氏は手を振った。

「まさか。岩倉さんのお父様はね、日本美術史の有名な研究者だったんだよ。うちにも何冊か本があったと思うが、誉也は読んだことがなかったか」

「書斎にあるやつ？」

「ああ」

「うーん、俺、あんまり難しそうなのは読まないから」

「うちの孫はこんな調子でね。まったく美の教養がない」

川瀬氏が眉を下げた。だが、言葉とは裏腹に、その顔には恥ずかしいというような侮蔑の感情は混じっていなかった。随分かわいがっているのだな、と瑞生は苦笑した。

「普通に暮らしていても、日本人はあまり美術品には関わりませんから」

正確には、美術に関心を持つような教育を受けない、だが。

この仕事に就くまで、瑞生の周りにも美術に詳しい同年代の人間はいなかった。日本の誇るべき文化だというのに、国宝に指定された作品にどんなものがあるのか、どの時代にどんな背景でどんな名画が生まれたのか、浮世絵がどんなふうに描かれるのかさえ、知らない人間の多いこと。

知っているほうが稀《まれ》なのだと知ったとき、瑞生は少なからずショックを受けた。あんなに厳しく教えられたことは、実は全部無駄だったのではないかと。

「日本人はもっと日本の芸術と文化に興味を持つべきですな」

水まんじゅうを黒文字《くろもじ》で切り分けながら、川瀬氏がため息をついた。

「教育をして文化を守らねば、廃《すた》れていく一方だ」

誉也にちらりと視線を遣ると、申し訳なさそうに身を縮めていた。瑞生は頷きつつも、でも、と切り返した。

「無理に教わっても、良さがわからず嫌いになるだけですから」

それに、今の日本人に教養がないからこそ、瑞生の商売は成り立っている部分もある。そしてその点では、嫌々叩き込まれた日本美術の知識が役に立っているのであり、こうして生活ができているとも言える。

瑞生は床の間に飾られた掛け軸を見るふりで虚空を見つめた。

——こんなこともわからないのか！　お前の目は節穴か！

叱責《しっせき》する父の声が聴こえた気がして、微笑んでいた口角が下がりそうになる。

しかし今、瑞生はあれだけ嫌っていた美術の世界にいるのだから、皮肉なものだ。

「岩倉さんは、良さがわかりませんか」

ふいに、川瀬氏が訊いた。

「え？」

「日本美術の良さが、わかりませんか？」

「もちろん価値はわかるつもりです」

瑞生の答えに、川瀬氏が顔を曇らせた。その瞬間、過ちを犯したのがわかった。何をどう間違ったのかはわからないが、ただ、今確実に川瀬氏にすっと一線を引かれた。表面上は穏やかだが、空気が二、三度下がった気がした。

「日本美術は世界に誇れる素晴らしいものだと思っています」

付け加えるように言った。

「誉也」と川瀬氏が呼んだ。「持ってきなさい」

何を、と言わずともわかる。誉也は立ち上がって、奥から細長い木箱を持って戻ってきた。

「これが、私が譲りたいと思っている応挙の掛け軸です」

誉也が木箱にかけられた紐《ひも》を解き、蓋を開けた。

「拝見しても？」

「どうぞ」

瑞生は座卓の上を片付けると、素早く手袋をつけ、箱の中から慎重に掛け軸を取り出した。

木箱も相当に年季が入っているが、それ以上に巻かれている状態の掛け軸が、独特のオーラを放ち、瑞生を圧倒した。

間違いなく本物だ、と直感が告げた。

先ほどの失態も忘れて、瑞生の心臓は駆け出しはじめていた。獲物を見つけ、草むらにそっと身を潜め、今か今かと飛び出すタイミングを計る肉食獣のように、あるいはドミノの最後のひとつを並べる瞬間のように、瑞生は掛け軸の巻緒《まきお》をゆっくりと引いた。

息が止まるかと思った。

かの有名な群鶴図屏風にも劣らない、白黒の濃淡と醒《さ》めるような紅《あか》で描かれた、今にも動き出しそうな生命力溢《あふ》れる二羽の鶴。

二羽はきっと番《つがい》だろう。仲睦《むつ》まじげに首を寄せ、すらりと伸びた脚が野性味と不思議な色気を醸し出している。触れれば羽根の柔らかさが伝わってきそうなほどだ。一筆一筆に魂と計算された美が宿っている。

そして双鶴《そうかく》の背後には、寒々とした蒼《あお》い雪山が広がっていた。ぼってりとした雪の重みや冷たさが、紙から沁《し》み出して瑞生の肌を撫でようとする。

見たことのない図柄だったが、筆遣いは間違いなく応挙のものだった。

「素晴らしい出来だ。中期、いや、この構図はもっと晩期の……」

唾を飛ばさないよう、ぶつぶつ口の中でつぶやく。

「そんなことまでわかるんですか？」

誉也が驚いたように訊いた。夢中になっていた瑞生はその声に我に返った。

「あ、はい、だいたいは」

「すごいですね」

「いえ、すごいのはこの掛け軸のほうですよ。間違いなく応挙です。しかも保存状態もかなりいい。今は人物画より動物画のほうが人気が高いんですよ。日本、いや、海外のオークションにかければ一千万はくだらない」

興奮してそう言った瑞生に、川瀬氏がまた眉をひそめた。

「岩倉さん、私は高く売れればいいわけではない」

箱に戻すよう言われ、瑞生は名残を惜しみつつ掛け軸をしまった。姿勢を正して、川瀬氏に向き直る。

「ですが、それだけの価値があることは事実です。どうかこの応挙を、私どもにお任せいただけませんでしょうか」

深々と頭を下げた瑞生に、しかし川瀬氏はため息をひとつついただけだった。それでも瑞生が頭を上げずにいると、川瀬氏はもう一度ため息をついてから、唸《うな》るように言った。

「あの岩倉一生の息子だと言うから期待したんだが、てんで駄目だねぇ」

ひくりと瑞生の下まぶたが動いた。

今までも比べられることはあったし、試すようなことを言われたこともある。だが、瑞生の審美眼は本物だ。その実力を見せつけると、ほとんどの人は瑞生を認めた。的場もそうだ。瑞生が顔だけの人間だったら、とっくの昔に飽きられていたはずだ。

ここまではっきり駄目だと言われたことはなかったのに。川瀬氏は一体瑞生の何が気に食わないと言うのだろう。

「何か、気に障るようなことを言ったでしょうか？」

瑞生は顔を上げ、恐る恐る訊《たず》ねた。川瀬氏は誉也に目配せした。瑞生も釣られて誉也を見ると、目が合った彼は困ったように苦笑した。そして彼が言った。

「俺もじいちゃんに賛成です。この掛け軸はじいちゃんが一番大事にしてたものだから、価値がわかるだけじゃなくて、大事にしてくれる人のところに渡ってほしい」

瑞生には意味がわからなかった。価値がわかるからこそ大事にするんじゃないか。

訝《いぶか》しげな瑞生に、川瀬氏が言った。

「別のあてを探します。今回はご縁がなかったということで」

「ですが」

「お引き取りください」

それっきり頑《かたく》なに川瀬氏は押し黙ってしまい、瑞生は成す術《すべ》もなく引き下がるしかなかった。

瑞生が暇《いとま》を告げると、玄関先まで誉也が見送りについてきて、すみませんと頭を下げた。

「岩倉さん、今日はありがとうございました。わざわざ東京から来ていただいたのに、祖父があんな態度で、申し訳なかったです」

ミンミンとうるさいくらいに蟬《せみ》が鳴いている。瑞生はスーツのジャケットを脱いで、腕に掛けた。もう誉也の前で取り繕っても仕方がない。ネクタイを緩めながら、瑞生はため息をついた。

「いえ、こちらこそ、お爺《じい》様を怒らせてしまったようで、すみません」

「いや、あれは怒ってはないですよ。ただ、気難しい人だから」

その爺様に賛成したのはお前だろう、と瑞生は内心で悪態をついた。誉也が瑞生の側について、早く売ってしまおうと言ってくれていたら、もしかしたらすんなりと承諾を得られていたかもしれないのに。

「変なこと、言いましたかね」

つぶやくと、誉也が眼鏡を中指で押し上げて、気まずそうに訊いた。

「岩倉さんは、美術品にとって何が一番幸せだと思いますか？」

「は？」

美術品が幸せかどうかなんて、思考を持たない物の心情なんてわかるわけがない。と、当たり前なことを瞬時に思い浮かべたあと、瑞生はそれを呑み込んで答えた。

「そうですね、きちんと管理してくれて、大事に扱ってくれることですかね」

「価値のわかる人に？」

そんなの言わずもがなだ。頷くと、誉也は哀《かな》しそうに眉尻を下げた。

「それじゃ多分じいちゃんは納得しないんですよ」

意味がわからない。左目の下まぶたがぐっと上がる。それを見て、誉也が笑った。

「価値がわかるから、好きってわけではないでしょう？」

あなたみたいに。

そう言われ、瑞生は無意識に唇を引き締めた。

——なぜこんな簡単な問いに答えられないんだ！　次また間違えたら晩飯は抜きだぞ！　わかったな、瑞生！

蟬の声がうるさい。ぐわんぐわんと頭の中に反響し、すっと汗が背中を伝う。

「岩倉さん？」

誉也が肩を叩いた。

「あ、いえ、ちょっと暑くてめまいが。夏バテですかね」

「初対面なのにきついこと言ってすみません」

「ああ、お構いなく。確かに私の説明の仕方も悪かったですね。美術品をちゃんと好きになってくれる人のところに譲りたいっていう川瀬さんの意見は当然のことですし。勉強になりました」

「そんな、勉強なんて大層なことでは」

誉也がいえいえと手を振った。その手首に茶色いレザーブレスレットが嵌まっているのが目に入った。話を逸《そ》らすにはちょうどいい。

「あっ、かっこいいブレスレットですね。革ですか？」

三センチほどの幅しかない革に、複雑な模様が描かれている。革に彫刻のように絵を描く技法は確かカービングというんだっけ、と少ない知識を思い起こそうとしていると、誉也がその手を後ろに隠した。

「大したものではないので」

どことなく焦っている様子で、訊かれたくないことなのかと瑞生はそこで話を終えることにした。

「長居してしまってすみません。今日は本当にありがとうございました」

「お気をつけて」

瑞生が角を曲がるまで、誉也はずっと手を振っていた。律儀な犬みたいな人だと思った。

帰りの電車に揺られながら、瑞生はぼうっと窓の外を眺めた。うまくいけば一泊して、オークションの段取りまで話を進めようと思っていたが、無駄に終わった。いつもなら一度断られたくらいでは諦めたりしないのだが、今日はふっと気力が抜けてしまっていた。

——てんで駄目だねぇ。

——価値がわかるから、好きってわけではないでしょう？　あなたみたいに。

確かに、瑞生は日本美術が好きではない。所有したいとも思わない。だがその価値は誰よりも知っているし、だからこそ丁重に扱ってきたつもりだ。どうでもいいと雑に扱ったことは一度もないし、価値に見合った値段でいくつもの取引を成功させてきた。それのどこが悪いというのだろう。

瑞生には、彼らの言っていることが理解できない。

相当な値段がつけば、所有者は喜んで手放したし、瑞生に感謝もした。オークションで競り落とした相手がどんな人間かなど、気にする人はほとんどいなかった。気にしたとしても、瑞生が「価値のわかる人です」と言うと、みんな一様に納得した。それに、その作品が好きかどうかなんて、オークションにおいては無意味な基準だ。より高い価格を示した人が手に入れる。ここはそういう世界だ。嫌なら手放さなければいい。

だが結局のところ、川瀬氏だって金が欲しいから手放すのだ。だったら四の五の言わずに瑞生に任せればいいものを。そしたら、一千万、いや、確実に値を吊り上げて二千万円以上の価値をつける自信はある。作品に見合った価値をつけることが、瑞生にとっては善なのだ。

価値が上がれば上がるほど、扱う人の品格も上がるものだと瑞生は確信している。それに、と東京らしい街並みが近づいてきたところで、瑞生は窓から目を逸らし、まぶたを閉じた。

そもそも、価値がわかるからこそ手に入れたいと思うのは、好きだというのと何が違うというのだろう。

　しばらく考えてもピンとくる答えが浮かばず、瑞生は思考を放棄した。

「それにしても、あの掛け軸、すごかったな」

　ぼそりと独り言《ご》ちて、見たばかりの雪景《せっけい》の双鶴を思い浮かべる。筆遣いもさることながら、色の配置、構図のバランスすべてが素晴らしい出来栄えだった。そしてそれを飾る表装も申し分なく、本紙《ほんし》である応挙の作を損ねることのない、静謐《せいひつ》さを漂わせる組み合わせだった。古くなっていたが、おそらく川瀬氏のチョイスだろう。

　本当に大事にしている。

　寂寞《じゃくまく》に似た感情が湧きそうになり、瑞生は目を開けた。ちょうどそのとき、もうすぐ品川駅に到着すると車掌のアナウンスが告げた。下車する準備をしていると、スマートフォンが震えて、見れば的場からの着信だった。駅を出て掛け直すと、的場はいつもの粘ついた声で今日の顚末《てんまつ》を訊いた。

『どうだった？　ご老人はうまく丸め込めたかい？』

　難しいですね、と瑞生は答えた。

「一千万以上の価値のありそうな代物でしたが、あのご老人と私とは反りが合わないみたいです」

『珍しく弱気じゃないか』

　面白《おもしろ》そうに的場が言った。

『いつもならもっと強気にいくだろう。それに、滅多に出ない応挙だろう？　君なら絶対口説きにいくと思ったのに』

「気を殺《そ》がれてしまって」

川瀬氏も、誉也も、瑞生にとって理解しがたい人物だった。必ず大事にする人の元へ渡るようにします、と口先だけを合わせてもいいが、川瀬氏はそんな瑞生の思惑などすぐに見抜いてしまう気がしたのだ。

それに、川瀬氏は父の信奉者のようだった。自分より父のほうがいいという人物と、なるべくなら関わりを持ちたくないというのも本音だ。

『そうか。それなら別の人間に回すかな』

はい、と頷こうとした瑞生の脳裡《のうり》に、応挙の双鶴がふわりと浮かぶ。

いい絵だった。あの絵を自分の手で扱えたらどんなにいいだろう。

オークション・スペシャリストは、あくまで仲介役だ。だが、作品の価値をある程度決めるのも、より価値を高く見せるのも、仕事のうちだ。

瑞生以上にあの双鶴の価値を跳ね上げられる人物が、この日本に何人いる？

そんな傲慢とも取れる思いが、じわりと心臓を刺した。

「あの」

『ん？』

「やっぱり、もう一度鎌倉に行ってきます。私がなんとしても川瀬さんを口説き落とします」

ふふっと的場が笑った。

『いくら値がつくか楽しみにしてるよ、ミズキ』

小畑に応挙のことを話すと、絶対に承諾を取ってこいとしばらく鎌倉方面の営業に専念することとなった。関西方面のケアは部下と小畑がしてくれるということだったので、これで安心して川瀬氏との交渉に没頭できる。

昨日、的場とまた一晩を共にした。

そこで得られたのは、川瀬氏の交流関係や趣味といった話のタネになるような些細《ささい》な情報と、それから孫の誉也についての情報だった。

「ミズキの好きそうな男だね」

的場がどこで手に入れたのか、誉也の写真を見ながら言った。少しばかり激しく動いたせいでしっとりと汗をかいていた。早くシャワーを浴びてさっぱりしたかったのだが、的場は腕の中に瑞生を引き留めたまま話し出した。

「野生的な顔立ちだ。このダサい眼鏡を取ってまともな美容師を紹介してやりたくなる。ねえ、ミズキ」

「そうですか？　確かに整っているなとは思いましたけど、私はもうちょっと肉があるほうが好みですね」

動けないならサービスしておくか、と瑞生は甘えるように的場の胸板に頬を擦りつけた。

顔立ちは確かに瑞生の好みだ。が、性格が微妙だ。子どもみたいな男は趣味ではない。

「会ったのかい？」

「会いましたけど、話し方がガキっぽくて印象はよくありませんでしたね」

「そうか、それなら安心だ」

「何がです？」

「ん？　ミズキがそいつに惚《ほ》れたら大変だろう？」

猫を撫でるように的場が瑞生の顎をくすぐった。鳥肌が立ちそうなのをぐっと堪《こら》えて、瑞生はごまかすようにさらに強く頬をすり寄せた。

「そんなことあり得ませんよ」

なんで大変なんです？　とか、的場さんが一番です、とか言ったほうがいいのだろうかと悩んだが、瑞生は結局そこで話を切り上げた。的場が好きだと匂わせるようなことを言っても、きっとしらけるだけだろう。これはビジネス以上の何ものでもないのだと瑞生も的場もわかっている。

シャワーを浴びてきます、と瑞生が言うと、的場は腕を離した。ベッドから降りてバスルームに向かう背中に、「ミズキは腰のあたりのラインがいいね」といつもの賛美が飛んできた。毎回的場はどこかしら瑞生の身体を褒める。はじめは謙遜していたが、近頃は慣れてしまった。瑞生は振り向いて「ありがとうございます」と極上の笑みを浮かべてそれに応えた。

ついでだから、と鎌倉周辺の古美術商やコレクターをひととおりチェックすることにして、瑞生は西洋美術担当の村上《むらかみ》と一緒に再び鎌倉へと向かった。

あいさつ回りや世間話に一日を費やし、夜は村上の顧客に招かれて旅館で夕食をとった。このまま泊まっていくよう言われ、じゃあ遠慮なく、と人懐っこい性格の村上が承諾してしまい、いったん東京へ帰るつもりだった瑞生も泊まることになってしまった。

「明日の予定、午後からなんだけど、移動もないし、それまで暇になっちゃったね」

帰ってから会社でするつもりだったので、仕事関係の書類はすべて向こうに置きっぱなしで仕事をしようにも術《すべ》がない。瑞生は嫌味のつもりで言ったのだが、村上は悪びれもせず答えた。

「そうっすね。せっかくだから観光していきます？」

わくわくした目で訊かれ、瑞生はため息をついた。村上は勉強熱心だが、いかんせんチャラい。二十五歳になるのだからもう少し落ち着いてもいいはずなのに、いつまでも学生気分が抜け切れていない。年のいった人には孫のようだとかわいがられるタイプだが、瑞生にとっては少し疲れる相手だ。

「いや、いいよ。鎌倉は十分知ってる」

「住んでたとか？」

「いや、小さい頃よく来てたんだ。鎌倉は歴史ある街だから、いろいろと勉強になるし」

――瑞生、覚えなさい。この観音像は……

父の声がした。ぐっと眉間にしわを寄せた瑞生を不審がるでもなく、村上が笑った。

「いやいやいや、遊びにいくだけですし」

「え？」

「観光来てまで勉強ってちょっとなぁ。どんだけ美術品バカだよっていう。岩倉補佐、顔はキラキラしたアイドルみたいなのにほんっと堅っ苦しいですよねぇ。観光地なんて楽しんでなんぼじゃないっすか。それに、岩倉補佐の小さい頃って二十年くらい前の話ですよね？　その頃と今とじゃ店も変わってるし、見るとこいっぱいありますよ」

ははは、と軽い調子で言われ、瑞生は唇を噛んでから、ゆっくり深呼吸した。

「……まあ、それもそうか。村上くん、美味《おい》しいお店知ってたら教えて」

「いいっすよ！　おすすめの店いっぱいありますから」

あの店は何が美味しい、甘味ならここがいい、と楽しそうに解説する村上に頷きながら、瑞生は心が冷めていくのを感じていた。

お前に何がわかる、ともう少しで言いそうになった。

勉強と仕事以外で鎌倉に来たことなどない。鎌倉だけではない。全国津々浦々、いろいろなところに行ったが、すべて瑞生にとっては地獄のような旅だった。

覚えなければ、質問に答えられなければ、ご飯を食べさせてもらえない。お土産も買ってもらえない。

普通の観光地巡りなんて、瑞生は知らない。中学の修学旅行で沖縄に行ったときでさえ、瑞生はついいつもの癖で建築物や美術品を観察してしまい、純粋には楽しめなかった。ひょっとしたら帰ってから父が沖縄の美術について何か訊いてこないかとひやひやして余計熱心に勉強したほどだ。

昔のことを思い出し、気が滅入る。違うことを考えようと村上の話に集中しようかと思ったが、食べ物の話ばかりで全然ついていけない。どうしようかな、と苦笑いで相槌《あいづち》を打つものの、しかし結局何を考えても浮かんでくるのは美術品――あの応挙の雪景双鶴図のことだった。

川瀬氏は大事にしてくれる人に譲りたいと言った。それならば雑多なものが入り乱れるオークションにかけるのは、川瀬氏は納得しないだろう。

正直、あの掛け軸だったら価格も相当吊り上がるだろうし、その分所有者と仲介役の取り分も増えるため、断然オークションをおすすめする。

それに、孫の誉也のためを思うなら、川瀬氏はなるべく高い値段で売るべきなのだ。

的場からの情報では、川瀬氏のひとり息子は夫婦共に二十四年前に事故で亡くなっており、その後川瀬氏とその奥方が孫である誉也を引き取って育ててきた。その奥方も八年前に亡くなり、つまり現在、誉也が唯一の身内ということになる。

自分が死んだあと、誉也に何かを遺せるとしたら、お金しかない。きっとそう思って、大切にしていた骨董品を手放す決意をしたのだろう。

――オークションが駄目なら、高く買い取ってくれそうな人を探すしかない、か。

瑞生は頭の中で当てはまりそうな人を思い浮かべた。一千万円をぽーんと気前よく支払ってくれそうな人なら候補は数名いる。しかも日本画を集めている人たちばかりだ。きっと応挙も手に入れたがるだろうし、大事にもしてくれる。

だが、川瀬氏はそれでも駄目だと言う気がする。何が足りないのか、よくわからない。

はあ、とため息をつくと、「聴いてます？」と村上が言った。すっかり村上の存在を忘れて考え事に耽《ふけ》っていた。

「ああ、ごめん。俺、ちょっと疲れたからもう寝る」

「明日の朝、どうします？　おしゃれなカフェ巡りも結構楽しいですし、意外とオフィス街も乙《オツ》なんっすよね」

「オフィス街……」

しばらく悩んで、瑞生は答えた。

「行きたいところがあるから、明日まるまる別行動でいいかな？」

「ええっ？　でも米澤《よねざわ》骨董さんとの約束が……ご主人、岩倉補佐に会えるの楽しみにしてたんすよ」

「村上くんひとりでも大丈夫でしょ。あそこ、日本美術は大したもの置いてないし」

「ひでぇ」

「内緒ね。後日改めてあいさつに伺うから、うまく言っておいて。大丈夫、村上くんならちゃんとやれる」

「もお〜」

頬を膨らませつつも頼られたこと自体は嬉しそうだ。

瑞生は布団に潜り込むと、スマートフォンで誉也の職場を確認した。

将を射んと欲すれば先《ま》ず馬を射よ。

川瀬氏が駄目なら、孫から、だ。

川瀬誉也、二十九歳。五歳で両親を亡くし、父方の祖父母に引き取られる。小中高と地元の学校に通い、大学は県外に出たものの、就職を機にＵターン。現在市内の会計事務所で会計士として働いている。

子どもっぽい性格とは違って、結構堅実な仕事に就いているな、と瑞生は感心した。経済学部に通っていたので、瑞生も多少は簿記やら会計事務をかじっていたが、四年を通してわかったのは、自分は細かい数字を追うことはあまり向いていないということだけだった。

朝早くとはいえ、陽射《ひざ》しはもうすでにギラギラしていて、気温は摂氏二十六度を超えている。汗をハンカチで拭いながら、うまく鉢合わせるだろうか、と瑞生は誉也の職場の最寄りのバス停のベンチでわざとらしく地図を広げて待っていた。

何本かバスをやり過ごし、もしかしたら車通勤かもしれない、と不安になったりもしたが、午前八時半を回ったところで、ようやく目的の人物がバスから降りてきた。ビンゴだ。

瑞生が声を掛けるより先に、「あっ」と誉也が瑞生を見つけて声を上げた。こっちはスーツを着込んでいるというのに、誉也は涼しそうなポロシャツ姿だった。羨ましい。ジャケットはさすがに脱いでいるとはいえ、瑞生の会社にクールビズという概念はない。

「おはようございます。岩倉さん、でしたよね？　先日はどうも～」

真顔だと少し不機嫌そうに見えるのに、笑うと無邪気とでも言えばいいのか、途端に子どもっぽくなる。警戒心がまるでない。応挙のこともあって気まずい思いをしたのに、率先して話し掛けてくるあたり、本当に人が好いか、ただの馬鹿だ。

「川瀬さん。おはようございます。今からお仕事ですか？」

「はい。すぐそこが職場なんです。岩倉さんは、またうちのじいちゃんに会いに？」

「いいえ、鎌倉方面の担当になったので、あいさつ回りをしてまして」

「迷ったんですか？」

瑞生の持っている地図を覗き込みながら、誉也が訊いた。ふいに顔が近くなり、どきりとする。白《びゃく》檀《だん》の匂いがした。

「どちらへ？」

「えっ？」

「迷ったんでしょ？」

「あ、えっと、米澤骨董に」

本来行くはずだった場所の名前を出すと、誉也は、あはは、と軽快に笑った。

「こことは全然違う通りですよ。岩倉さん、顔に似合わずものすごい方向音痴なんですね」

現在地がここで、と説明する誉也の指を追いながら、そんなわけあるか、わざとだよ、と不機嫌に思ったのを一ミリも出さずに、瑞生は照れた顔をつくって俯《うつむ》いた。

「昔から地図見るの下手くそで……。これから鎌倉担当なのに、困っちゃいますよ。あっ、すみません、お仕事に行く途中で引き留めてしまって。なんとか行けそうです。教えてくださってありがとうございます」

「いえいえ、こういうのはお互い様ですから」

眼鏡を押し上げ、誉也は会釈した。だがまだ立ち去ろうとする気配はない。

もう一押しかな、と瑞生が口を開く前に、「あの」と誉也が言った。

「よかったら俺、鎌倉案内しましょうか」

願ってもない申し出に、「え？」と素で声が出た。もう少し茶番を演じて同情を買おうと思っていたのに、案外あっさりと騙されてくれた誉也が逆に心配になる。面倒事を自分から買って出るなんて、こんな性格ではいつか詐欺に遭いそうだ。

「いいんですか？」

「はい。あ、仕事があるんで、夕方か休日しか無理ですけど、特に用事もないんで、付き合いますよ」

「いえ、川瀬さんのご都合で全然構わないんですけど、大丈夫ですか？」

「何が？」

「貴重な休日を私に割いていただいても」

きょとんと首を傾げたあと、暗に恋人はいないのかと訊きたいのがわかったのだろう、誉也はぼっと顔を赤くした。

「あっ、俺、独り身の寂しいやつ宣言してるようなもんですね！　あははっ」

眼鏡のブリッジをせわしなく中指で押し上げながら、誉也が苦笑した。恋人がいないくらいでこんなにも動揺するなんて、思春期の中学生みたいだ、とおかしくなって瑞生も笑った。

「そんなに気になさらなくても。私も仕事ばかりしてるので、独り身のままですよ。周りは結婚だ子どもだなんて言う歳《とし》なのに、恋人すらいないんで肩身が狭くって」

「岩倉さんもフリーなんですか？　モテそうなのに」

お世辞でもなく、誉也が意外そうに目を丸くした。それを言うならお前のほうだろう、と瑞生は誉也の整った顔に目を細めた。本当に、造形だけは申し分ない。これであともう少し身だしなみを整えて、大人の落ち着きと色気さえ加えられれば。

「いえいえ。でもじゃあ、遠慮せず川瀬さんの休日を独り占めしていいんですね」

「はい。ここで会ったのも何かの縁ですし、俺で役に立てるなら」

「ありがとうございます」

にこりと微笑んで礼を言った瑞生の顔を、再び誉也がじっと見つめた。普通の人なら、少し遠慮して控えめに視線を寄越すのに、誉也ときたら興味津々さが丸出しでわかりやすい。

瑞生は、自分の容姿が中性的で、いわゆるノンケすら誑《たぶら》かすことがあるのを自覚している。この顔が誉也の琴線に触れるというのなら、的場と関係を持ったときのようにそれを使わない手はない。好意を持たせられれば、コントロールすることは容易《たやす》い。

ちろりと舌で唇を濡らし、恥ずかしそうにサイドの髪を掻き上げながら、上目遣いで訊く。

「えと、私の顔に何かついてますか……？」

瑞生の質問に、誉也は初めて自分が瑞生に目を奪われていたことに気づいたらしい。あっあっ、と慌てたように声を上げ、眼鏡の奥の瞳を細めて首の後ろを掻いた。そして言い訳めいたことを口にする。

「いえ、ほんと、こんなこと言うのは何なんですけど、岩倉さんの顔、本当に綺麗で見入ってしまって……。それにどことなく、初恋のお姉さんに似てるというか……。他意はないんです。男の人が好きってわけでもないんで、そのへんは安心してください」

安心、という言葉にゲイへの偏見を過敏に感じ取り、顔を褒められたことに気をよくしていた瑞生は一転ムッとした。男である瑞生相手にそんな顔をするくせに、自分がゲイではないからと簡単にノンケだということを安心材料にする。そんな彼に無性に罪悪感を植えつけたくなって、瑞生は困ったように首を傾けた。

「じゃあ川瀬さんは安心できませんね。私、どちらもイケる人ですから」

本当は女の人はまるでダメだが、完全にゲイだと言うとノンケは警戒する。まあ、誉也の場合、ゲイだと言っても問題はなさそうだが、緩衝材は多いに越したことはない。ほんの少しの嘘を混ぜて瑞生が言うと、途端、誉也が弾かれたように頭を下げた。

「えっ。す、すみません、じゃあ俺、失礼なこと言ってしまいましたか？」

「いえ、慣れてるんで大丈夫ですよ」

すぐに謝るあたり、頭の回転は速いらしい。

「でも、本当にごめんなさい」

自分の失言に誉也は叱《しか》られた犬のようにしゅんとして、おろおろと視線を地面に彷徨《さまよ》わせた。

「……鎌倉案内の話、やっぱりなしにしますか」

ふっと軽くため息をついて瑞生が言うと、誉也は慌てて首を横に振った。

「いえ！　それはやらせてください。……岩倉さんが許してくれるなら」

その表情からは、申し訳なさは伝われど、瑞生に対する負の感情は一切感じられなかった。思ったとおり、誉也は瑞生がバイだということに関しては、特に嫌悪感はないようだった。

「許すも何も、本当に気にしてませんから。川瀬さんが嫌でなければ、お願いできますか」

「嫌だなんてそんな」

窺《うかが》うように見つめる瑞生と目が合うと、誉也はさっと耳の端を赤く染めた。初心《うぶ》な反応に、瑞生は少し彼をからかいたくなったが、ほぼ初めましての人間相手にやりすぎはよくない、といったん引くことにした。

「安心できないってさっき言いましたけど、私、節操なく誰彼好きになるタイプじゃないし、強引に迫ったりもしないので、そこは保証するので安心してくださいね」

「ああ、それは別に、わかってます」

誉也は間髪入れずにそう言って、苦笑した。瑞生を信用してのことなのか、それとも自分に自信がないから、瑞生が自分を好きになるはずがないと思っているせいなのか。おそらく後者だろうな、と瑞生は思った。彼の目からは、自信のなさが透けて見えていた。

それから、連絡先を交換し、仕事へ行く誉也とはいったんそこで別れた。

単なる社交辞令を言うような人間ではなさそうだし、約束を反故《ほご》にするようなこともないとは思うが、一応もう一歩踏み込んでおこうと、瑞生はさっそく登録したばかりのアドレスに、『もしよければ道案内のお礼に今夜夕食をご馳走させてくれませんか』とメールを送った。返事はすぐに来た。

『お礼なんていいですよ！　でも夕食はご一緒したいです。六時までには上がりますので、終わったら連絡します』

文面を見て、瑞生ははっと鼻息をついた。嬉しそうに尻尾を振る彼の姿が目に浮かぶ。

「面白いほど乗ってくるなあ」

これなら、誉也の懐柔は早いかもしれない。誉也と仲良くなりさえすれば、きっと誉也から瑞生のことは伝わるだろうし、孫の友人とあっては川瀬氏も警戒を解く。美術品に対する考えを川瀬氏に寄せ、心を入れ替えました、と共感した素振りを見せて信頼を得れば、応挙を自分に任せるように仕向けられるはずだ。

まあ、そもそも、その美術品に対する考えというのがいまいち理解できていないのだけれども。

瑞生は地図を鞄《かばん》にしまいながら、舌打ちをした。

好きだから欲しい。欲しいから好き。

瑞生にとって、そのふたつに違いはない。それよりも大事なことは、それを得られるだけの金があるか、だ。

作品の価値は端的に支払われる額で決まる。今の世の中、それ以外で万民共通の評価方法はない。

そして、価値が認められない美術品には何の意味もない。

だから瑞生は思うのだ。

素晴らしい美術品には、それに見合った価格をつけてやりたい、と。

価値をつければ相応の場所で守られ、管理されることになる。破壊されることなく、美しい姿のまま、より永く後世に残される。美術品のためを思うなら、好き嫌いで判断するのはあまりにも短絡的だ。

悶々《もんもん》とした思考を巡らせていると、キキッと目の前に水色のバスが停《と》まった。瑞生はそれに乗り込み鎌倉駅に引き返すと、村上に電話を掛け、やはり午後からは米澤骨董へ一緒に顔を出すことを伝えた。

どのみち六時まで時間はある。それまでに誉也の懐に入るためのネタを考えておくことにして、瑞生は気合いを入れるためにひとつ頬を叩いた。

米澤骨董の主人に新しく仕入れた焼き物を見せてもらったあと、村上と米澤がダラダラと世間話をしているのを横で相槌《あいづち》を打ちながら聴いていると、「そう言えば」と米澤が村上から瑞生に視線を移して言った。

「岩倉くんの耳には入った？　応挙の話」

「どの応挙ですか？」

ぎくりとしたのをごまかすように微笑み、瑞生はポーカーフェイスで訊き返した。心当たりはひとつしかなかったが、下手に口を滑らせてもいいことはない。

「鎌倉市内に、未発表の応挙があるって話だよ。僕も詳細は知らないんだけどね、つい先日とある人から聞いてね」

米澤の目がせわしなく動いた。

「いいんですか、そんなこと私に話しちゃっても」

「あれっ、ご存知なかった？」

「いえ、知ってはいましたけど」

「そうだよね、岩倉くんは情報通だから、知らないわけがない。……で、誰が所有しているのかは知ってる？」

「米澤さんは？」

「知ってたら即買い取りに行ってるよ」

当たり前じゃないか、とばんばん背中を叩かれ、瑞生は辟易《へきえき》しつつも貼りつけた笑みのまま言った。

「裏取りしてないので、お教えできませんけどね」

「あ、じゃあやっぱり鎌倉にあるんだ」

「オフレコですよ」

しーっ、と人差し指を口に当て、瑞生は片目を瞑《つむ》った。あなただけ特別、という様子を見せると、人は従順になりやすい。米澤は瑞生のその反応に高揚したように口角を引き上げた。

「わかってるわかってる。もし岩倉くんが取り扱うことになったら、僕にも教えてね。見てみたいからさ」

「ええ、そのときは必ず」

彼はそれ以上深く探るようなことはせず、話を終えた。

教えられるわけがない。この情報はトップシークレットだ。ライバルを増やすようなことをするはずがない。

しかし、と瑞生は村上と共に米澤骨董を出て次の取引先を目指しながら考えた。

一体どのルートで応挙の話が回っているのだろう。まさか的場が他にリークしているのでは、と一瞬疑いそうになったが、的場は瑞生に任せると言ったのだから他へは言っていないだろう。そうすると、的場と同列の情報屋か、あるいは川瀬氏自身が取引相手を探しているということになる。

「まずいな」

瑞生がつぶやくと、隣を歩いていた村上が喋るのをやめた。そして顔をしかめて瑞生を肘でつつく。

「もお〜、また聴いてなかったでしょ、岩倉補佐！」

「ああ、ごめんね。ちょっと考え事してて。何の話だったっけ」

「いいですけどぉ……。いや、まだ次までに時間あるし、甘いものでも食べていきませんかって」

「そう言えば昨日おすすめの店があるとかなんとかって言ってたよね。じゃあせっかくだしちょっと休憩しようか」

「はい！　すぐ近くなんで！」

そう言って村上が瑞生を案内したのは、何の因果か誉也の職場のすぐ近くのパティスリーだった。途中、誉也を待ち伏せていたバス停を通り、やや俯きがちになった瑞生を、村上は不思議そうに眺めて歩いた。

蔦《つた》に覆われた西洋建築の建物に入ると、はじめに大きなショーケースが目に飛び込んできた。その中には彩り豊かな様々な洋菓子が並んでいて、瑞生は純粋に綺麗だな、と目尻を下げた。

洋菓子は好きだ。特にモンブランケーキ。

瑞生の実家の近くにも美味しいと評判のいい馴《な》染《じ》みのケーキ屋があって、誕生日には母がそこに連れていってくれた。普段瑞生を甘やかさず静観しているだけの母が、年に一度のそのときだけはやさしい顔で嬉しそうに瑞生の手を引いてくれていた。

ジャムおじさんみたいな店主と、カラフルなポップ。少し黄ばんだ壁紙。焼き菓子の甘い匂い。

好きなものを選んでいいのよ、と言われても、瑞生は毎年決まって堆《うずたか》くマロンクリームが載せられたモンブランを選んだ。随分昔のことで、あのモンブランがどんな味だったのか、もう覚えていないが。

「岩倉補佐、どれにします？」

村上に訊かれ、瑞生はぼんやりと眺めていた焦点をひとつひとつに絞り、モンブランがないか探した。だが見つからない。

「モンブランがよかったけど、ないんだね」

「そりゃあ、今は夏ですし」

「ああ、そうか。栗《くり》は旬じゃないからか」

「俺はフルーツタルトにしよっと。じゃあ、俺席取っておきますんで、岩倉補佐も選んだら来てくださいよ」

「ああ」

どうやらこの店は事前にショーケースで食べたいケーキをチェックしておいて、席に着いたときに飲み物と一緒にオーダーする形式らしい。村上は席に着くとさっそくメニューを広げて飲み物を選びはじめた。

モンブランがないなら、どれにしよう。

うーん、と悩んでいると、ふいに背後から影が差し込んだ。

「チーズケーキタルトがおすすめですよ」

聞き覚えのある声にぎょっとして振り返ると、そこに立っていたのは誉也だった。

「川瀬さん！」

「こんにちは。朝ぶりですね」

眼鏡の奥で目尻にしわを溜めながら、誉也がいたずらっぽく首を傾けた。

「どうしてここに……」

時刻はまだ午後三時過ぎ。仕事中のはずだ。

「来客用のお菓子を買いにきたんです。ここ、会社に近いから」

「ああ、それで」

いくら近くてもまさかこんなところで会うとは思っていなかった。瑞生はなんとなく湧いた後ろめたさに頬が引き攣れるのを感じながら、「じゃあ、チーズケーキタルトにします」と頷いた。

「岩倉さんは休憩ですか？」

「ええ、まあ。さすがにずっと外を歩いていると疲れてしまって」

瑞生はちらりとイートインコーナーの村上を見遣った。村上は熱心にメニューを見ていて、こちらには見向きもしない。

村上と一緒にいるところを見られたらまずい。せっかく鎌倉案内までこぎつけたのに、村上がいるとばれたら、「じゃあ俺が案内する必要ないですね」と断られる可能性が出てくる。

どうか村上がこちらに気づいてあいさつしに来るなんてことにはなりませんように。

「今日は定時で上がれそうなんですよ。だから五時半には合流できると思いますけど、岩倉さんのほうはどうです？」

「私はいつでもいいですよ。フレックスみたいなものなので、時間に融通効くんです、わりと」

「じゃあ、終わり次第連絡しますね。待ち合わせは鎌倉駅の東口でいいですか？」

「はい」

「観光案内所があると思うんで、そのへんで」

「ええ。……あ、お仕事中にお引き留めしてすみません。上司の方に怒られちゃいますね」

「大丈夫ですよ。今夜楽しみにしてます」

ではまた、と誉也が手を振った。何とか切り抜けられそうだ、と安心して会釈をすると、背中にちょんと何かが触れた。

「岩倉補佐、こちらは？」

村上だった。ふっと一瞬目の前が暗くなった気がした。おとなしく席にいればいいものを、愛嬌《あいきょう》だけが取り柄の村上は、誉也を興味津々といったふうに見つめて瑞生に説明を求めた。

「ええっと……？」

誉也も誰だろうと首を捻って瑞生を見遣る。ため息をつきそうになったのを堪えて、瑞生はこっそり村上のつま先を踏んだ。

「い……っ」

「ああ、彼は私の部下でして、村上といいます。西洋美術専門のスタッフで、関東《かんとう》周辺の担当なんです」

「えっ、俺はかま……って！」

もう一度つま先を踏みつける。余計なことを喋るな、という無言の圧力に屈し、瑞生の背中を村上がタップする。

「村上くん、こちら、川瀬さん。私の……」

にこやかに言いかけて、瑞生は言葉に詰まった。

私の——なんだ？

客、ではない。交渉相手ですらない。知り合ったばかりの、赤の他人だ。関係性を表すちょうどいい単語が浮かばない。

だが困った瑞生の代わりに、誉也が言葉を継いだ。

「友だちです」

え、と目を丸くした瑞生に、誉也が微笑んだ。違う？　と目で問われ、瑞生は瞬《またた》きを返した。

「そう、友だち、ですね」

「へえ～、岩倉補佐って友だちいたんすね」

「どういう意味かな？」

　笑みを深めると、村上はやっちまったと言わんばかりに舌を出して肩をすくめた。だが、村上のやっかいなところはここで話をやめない空気の読めなさだ。

「だって、岩倉補佐が誰かと仲良くしてる姿なんて想像できないっすもん。誰に対してもにこにこしててそつがないっていうか、隙がないっていうか。壁一枚挟んでる感じ？　あっ、でもたまにぼんやりしてることはありますよね。ん？　いや、でもそれはただ単に俺の話をまともに聴いてくれないだけか？　うわショック。えーじゃあ川瀬さんといるときの岩倉補佐ってどんな感じなんすか？」

「村上くん、川瀬さんお忙しいんだからくだらないこと訊くのはやめて」

　マシンガンのように喋り続ける村上を制し、瑞生が誉也に小さく謝ると、誉也は首を横に振って言った。

「いえ、面白いことを教えてもらいました」

「では、またあとで」

　瑞生はまだ喋り足りなさそうな村上を引きずるように席に着き、メニューを開いた。レジでは誉也が箱詰めされたケーキを受け取ってお金を支払っている。そして店を出るとき、誉也は瑞生にもう一度手を振った。

残念だな、と手を振り返しながら思う。あの眼鏡と夏に不似合いのもっさりした髪を、どうにかしたい。

「なんか、岩倉補佐がつるみそうにない人っすね」

店員にアイスコーヒーとケーキを注文したあと、村上が言った。

「そう？」

「なんか、野暮ったいっていうか、全体的にダサくないっすか？」

「人の友だちにそういうこと言わない」

「あっ、すみません。でも岩倉補佐、イケメンだから隣に並ぶと余計にあの人のダサさが際立つっていうか」

謝りながら、村上はさらに暴言を吐く。素直なのはいいことだが、これを取引先にもやっていないだろうかと少し怖くなった。

それにしても、村上の眼もまだまだだな。

瑞生はおしぼりで手を拭きながら目の前に座っている部下を冷ややかに見つめた。

観察する時間はたっぷりあったはずなのに、誉也への評価がダサいだけだとは。

「まあ、俺もそう思ってるけどね。あの髪はない。せっかくいい顔してるのに」

「いい顔？」

村上が怪《け》訝《げん》そうに繰り返した。

「あれ？　気づかなかった？　川瀬さん、実はものすごいイケメンなんだよ」

「ええ～、嘘だあ～」

上司だということも忘れて、村上がタメ口で返した。村上の新人研修を受け持ったのは一体誰だったのだろう。もう一度躾《しつ》け直してもらわねば、と瑞生が半ば本気で考えはじめたところに、ケーキがやってきた。広めの皿に小さなバニラアイスとブルーベリーソースで飾り付けがしてあった。

「おっ、ロイヤルコペンハーゲンっすね」

皿を見て、村上が言った。ついつい器を鑑定してしまうのは、職業病だ。

「さすが西洋美術担当」

「これくらいは誰でもわかりますよ」

「俺はあんまり詳しくないから気づかなかった。そうやって常にアンテナを張ってるのはいいことだよ」

「へへっ」

瑞生が褒めると、村上は嬉しそうに笑ってフォークを手にした。さくりとタルトに先端を突き刺し、崩れないよう器用に切り分ける。瑞生もチーズケーキタルトにフォークを入れ、一口食べた。

「あ、うまい」

誉也が言っていたとおり、確かに美味しい。しっとりとした硬めのクリームチーズの下に、種類の違う柔らかいクリームチーズが入っていて、サクサクのタルト生地と合わせて三つの食感が楽しめるつくりだ。

「でしょ〜」

村上が得意そうに言った。

「うん」

「ところで、さっきの人、本当はどういう繋《つな》がりなんすか？」

「うん？」

「だって、友だちっていうわりに、敬語だったでしょ。岩倉補佐、他人行儀に〝私〟とか言っちゃって。取引先の人かと思ってもう少しで名刺出すところでしたよ。それなのに俺のこと関東担当とか言うし。まだ鎌倉周辺しか任せてもらえてないのに」

よく聞いている。瑞生は煩わしさを押し込めて頷いた。

「あの人は取引先でも顧客でもないよ。しいて言うなら、あの人じゃなくて、あの人のお爺様に用がある」

チーズケーキを切り分ける。タルト生地が変なところで割れて、砕けた。

「ああ。もしかして、応挙の持ち主って、あの人のお爺さんのことか」

瑞生は村上を見ないようにして「何の持ち主って？」と訊いた。

「何って、えっと、……米澤のご主人に聞いたんじゃないんですか？　だから、あの人のお爺さんが応挙の所有者で、岩倉補佐はそれを狙ってる、と。そんでもってお爺さんより先に孫のあの人から籠《ろう》絡《らく》しようとしている」

「ははっ」

意外と鋭い。支部長の小畑が、村上は基本的に馬鹿だが天性の鼻があると面白そうに言っていたのを思い出した。棲《す》み分けが違うとしても、ちょっと油断ならない男だ、と瑞生は村上への評価を考え直した。そしてさらりと嘘をつく。

「違うよ。確かにコレクターだけど、そんな大層なものは持ってない。オークションに興味があるそうだから、出品でも入札でも参加してみないかって営業かけてるだけ」

「そうなんすか」

村上は素直に納得して、アイスコーヒーを流し込んだ。

「この店、いいね。いい店を教えてもらった」

内装はシックな西洋漆喰《しっくい》と、黒に塗装された無垢《むく》材だ。おそらくケヤキだろう。採光もちょうどいいし、窓から見える木々も手入れが行き届いている。ケーキも、コーヒーも美味しい。店員の愛想もいい。

ただ、瑞生にとって、この店は出来過ぎている。ここには古ぼけた空気も、店主の手書きのポップも、繋いでくれる手のひらもない。

「なんか岩倉補佐に褒められると自分の審美眼が認められた気になります」

「大袈裟《おおげさ》だな」

「他にも鎌倉にはいい店いっぱいありますから。また今度ご案内するっす」

「うん。次はモンブランがあるところがいいな」

「チェックしときます」

それからまた数軒取引先を回り、五時過ぎにすべての予定を終えた。夕飯を一緒に食べようと誘ってきた村上を用があるからと往《い》なし、鎌倉駅へ向かう。

待ち合わせの観光案内所はすぐにわかった。スマートフォンをチェックすると、誉也からメールが来ていて、あと十分ほどで到着するという。このまま待っていてもいいが、気温は三十度近くある。いったん駅構内のコンビニに避難することにして、瑞生は誉也に着いたら電話するよう返信した。

「岩倉さん」

コンビニで立ち読みをしていると、いつの間にか誉也が横に立っていた。おかしそうに含み笑いで声を掛けてきて、どうしたんだと問い掛けると、

「電話しようとしたらたまたま見つけたんでこっそり隣に並んでみたんですけど、全然気づかないんですもん。結構前からいたのに」

と、遠慮なく笑いはじめる。丸みを帯びた嫌味のない笑い声だった。気づけばコンビニに移動して十分以上が経っていた。時刻はまだ五時半を少し過ぎたくらいだ。

「夕飯には早いですね。観光でもしますか」と誉也が言い、鎌倉観光マップと書かれた雑誌を手に取りながら続けた。

「二時間くらいあればどこかしら見られると思いますよ」

鎌倉は散々見た、と言うわけにもいかず、瑞生は誉也が開いた雑誌を覗く。だがやはり載っているのは鶴岡八幡宮《つるがおかはちまんぐう》や東慶寺《とうけいじ》といった神社や寺院ばかりだった。あとは、江《え》ノ電《でん》、海水浴場、人気のスイーツ専門店。海水浴はもってのほかだし、江ノ電に乗ったところで何があるわけでもない。スイーツももう食べた。

「仕事のことは忘れたいので、日本美術とは関係のないところがいいです」

役に立たない雑誌だな、と瑞生が目を背けてそう言うと、誉也は高い背を屈《かが》めて瑞生を覗き込んだ。整った顔が迫り、思わず息を止めた。

「忘れていいんですか？　仕事のためじゃないんですか」

そうだった。仕事先を回るのに慣れるための道案内、という口実で頼んだのだった。

「今日は散々仕事をしたのでもういいんです。オフです。お楽しみは今度ちゃんと案内してもらうときに取っておきます。だから今日はただの親睦会」

ごまかすようにそう言う。

「じゃあ今日は飲み友だちということで。早いけど、もう開いてる店もあるし、飲みながらだらだらしますか」

「はい。それでお願いします」

ぱたんと雑誌を閉じ、誉也が訊いた。

「肉と魚、どっちが好きです？」

「それこそ川瀬さんが好きなほうで。私はどちらも好きですから」

「じゃあ肉で」

こういうところは見た目どおりなんだな、と瑞生がひっそり笑うと、それを見咎《みとが》めて誉也が口をすぼめた。

「あっ、似合わないと思ってるでしょ」

「いえ、見た目どおりだな、と。川瀬さん、野生的でかっこいい顔立ちなので。がっつり焼肉とか好きそうに見えます」

「お世辞はいいですよ。職場の連中には草食系どころか絶食系って言われてますし、ダサいのわかってるんで。岩倉さんみたいなイケメンに気を遣ってお世辞言われると心が折れそう」

うっと、わざとらしく胸を押さえる。卑屈な言葉だが、口調が軽いからか、あまり悲壮感はない。

瑞生が笑うと、誉也はへへっとボリュームの多すぎる髪を掻いた。

初めて会ったとき顔つきがライオンみたいだと思ったが、たてがみだと思えば多少のボサボサ具合もかっこよく見えなくもない。

「焼肉行きますか」

瑞生が言った。スーツに匂いがつくだろうが、どうせ的場からの貰《もら》い物だしクリーニングに出せば問題ないだろう。

「俺、美味しい店知ってます」

「肉にはうるさいですよ、私」

「ええー」

誉也は人懐っこい。村上もそうだが、村上とは違った人懐っこさだ。

村上は元気すぎてこちらが疲れてしまうが、誉也にはこちらに寄りかかってくるような重さがなく、あくまでも自立した人間が持つ芯のようなものがある。初対面でガキっぽいという印象を抱いたが、本当は少し違うのかもしれない。村上と比べたら十分すぎるほど大人だ。

ネクタイを首元から抜き取り、ジャケットのポケットに無造作に突っ込み、鞄とまとめて脇に抱えた。手綱を離された心地で、ふう、と息が漏れた。だらしないかな、と多少の不安が頭を過《よぎ》ったが、これから仲良くしようとしている人間相手にこちらが必要以上に気を張る必要もないな、と考えを改める。警戒してませんよ、と両手を挙げているほうが誉也もより懐きやすいだろう。

「そう言えば、チーズケーキタルトどうでした？」

半歩先を歩きながら、誉也が訊いた。

「ああ、美味しかったです。チーズが二種類使ってあって、食べたときびっくりしました」

「でしょ！　俺、あそこのチーズケーキが一番好きで」

「川瀬さん、甘いものお好きなんですか？」

「あ、いや、そんなに好きというわけじゃないんですけど、チーズケーキだけはなんでかこだわっちゃうんですよね。コンビニのもよく食べます。岩倉さんは？」

「私もそんなにケーキは食べないんですけど、昔からモンブランは好きです。今日はあの店にモンブランがなくてどうしようかと思ってたんですけど、川瀬さんにおすすめしていただいて本当に助かりました」

「いえいえ、お役に立ててよかったです」

にこーっと満面の笑みで頭ひとつ分上から見下ろされ、瑞生は俯いた。

やはり好みの顔だ。あまり心情を顔に出さないようにしている瑞生だが、こうもまっすぐに見つめられるとつい照れてしまう。もし誉也が眼鏡を取って素顔で見つめてきたら、真っ赤になってしまいそうだな、とあり得ないことを考えて唇を噛む。

「そう言えば、部下の人に補佐って呼ばれてましたけど、岩倉さんって結構偉い方なんですか？」

「名刺、差し上げましたよね」

出会いがしらに渡したはずだ。確認もせず捨てるような人間だったのかと、浮き上がりそうになっていた気持ちが一瞬で萎えた。

「あ、ごめんなさい。名前のほうが気になっちゃって、役職まで覚えてなくて。ほら、ミズキって綺麗な名前だから」

綺麗なもんか。

口を突いて出そうになった言葉を呑み込んで、瑞生は礼を言った。

「ありがとうございます」

そして一呼吸置いて、続けた。

「……でも本当は、ミズキじゃなくてタマキって読むんです」

「えっ、そうなんですか！　重ね重ねすみません……」

「いや、これを初見でタマキって読める人なんてなかなかいないですから。多分職場の何人かもミズキだと誤解してますしね」

瑞生は父が付けた名だ。瑞生が生まれた当時、好んで使っていた茶器を造った窯元《かまもと》から瑞の字を取り、自分の名前から生の字をくっつけただけの気まぐれな名前だと聞いたことがある。

「でも、どっちにしろ綺麗な名前ですよね」

誉也が言った。

「え？」

「だってほら、瑞の字って、玉《ぎょく》のことでしょ？　中国とかで王様とか偉い人が持ってる宝石とか。違いましたっけ？」

「あ、ああ。そうですね、そう言えば」

誉也に言われて思い出す。玉もそうだが、日本画でよくテーマとして挙げられるものに、瑞鳥《ずいちょう》や瑞獣などといったものがある。めでたいことが起こる吉兆とされる鳥獣で、例えば鳳凰《ほうおう》だとか、竜、麒《き》麟《りん》、九尾《きゅうび》の狐《きつね》などもそうだ。

「だから、宝石みたいに輝いて生きろっていう名前ですよね」

そんなふうに思ったことはなかった。瑞の漢字にあるもともとの意味を知る前に、瑞生は名前の由来を聞いていた。だから、どういう意味が込められているかなんて考えたこともなかった。

だが、どちらにせよ、この耳で聞いたことが父の本音で正解だ。瑞の字の意味を辿ったところで、付けた動機までは変えられない。ただ、たまたま気に入っていた窯元の名を借りただけ。深い意味などないのだから、後付けで他人がどうこう言っても仕方がないことだ。

「タカヤっていう名前も、間違われやすくないですか？」

瑞生は額の汗を拭うふりで顔を隠し、話題の矛先を誉也に向けた。

「ああ、間違われるというより、読めないって言われることのほうが多いかな」

「ああ、なるほど」

「うん。でも俺、この名前結構好きなんです。じいちゃんが付けてくれたから」

眩しいばかりの笑顔で言われ、瑞生は苦笑した。そして少し羨ましくなった。

自分は父を彷彿《ほうふつ》とさせる岩倉という苗字《みょうじ》も嫌いだし、瑞生という名前にも愛着がない。

「いいですね、自分の名前が好きって言えるのは」

「岩倉さんは嫌なんですか？」

「私のはちょっと女々しい感じがするので。あ、でも苗字よりはマシです」

「なんでですか？」

「この業界では父がちょっとした有名人なので。苗字で呼ばれるとたまに息苦しくなるときがありますね。プレッシャーを感じるというか、あの岩倉の、って冠がついてる気がして」

自分で言いながら、もうネクタイは外したはずなのに、首元が苦しくなる。

父がすごい人だったというのは、この業界に入る前からも、入ってからも、瑞生自身十分すぎるほど感じていた。

勉強をするためには父の著書は必読だったし、遺品の中から出てきた研究資料は膨大なものだった。瑞生が知っている以上の知識を、父は持っていた。おそらくは、瑞生が高校生、大学生になったら教えようと蓄えていたものもあったのだろう。

「じゃあ、今から俺はあなたのことをタマキさんと呼びます」

苦い記憶の中に漂っていると、誉也が言った。村上あたりに言われていたら腹が立ったかもしれないが、誉也は自分の部下ではない。むしろ友人なのだから、そっちのほうが自然な気がして、瑞生は何の躊躇《ちゅうちょ》もなく頷いていた。

「じゃあ、私は誉也さんとお呼びします。川瀬さんじゃお爺様と区別がつかなくて」

「さん付けはいいですよ。瑞生さんのほうが年上なんですし。でも、なんか一気に仲良くなった感じがしますね」

ふふふ、といたずらを仕掛ける子どものような顔で誉也が笑った。

タマキ、と正しい発音で呼ばれるのは久しぶりだ。的場でさえ、瑞生のことは未だに「ミズキ」だと思っている。瑞生もあえて名刺やメールには読み仮名を書かないようにしていた。「タマキ」と呼ばれるのが嫌だったのだ。自分をそう呼ぶのは両親くらいだったから。「タマキ」と発音されるたび苦い思い出が蘇ってきて、だから苗字よりはマシだと言っても、抵抗があった。間違っていたとしても、「ミズキ」のほうがいいとさえ思っていた。

だが誉也の見当違いな賞賛に、本当の読み方をふと漏らしてしまった。あのとき心に湧いたのは、多分綺麗なものではなかったと思う。

勘違いして間違えてしまったという罪悪感を誉也に持たせるため、あるいは、少しの反発心。瑞生がバイだと打ち明けたときと同じ心境だった。いや、それよりも強い。

誉也は瑞生とは正反対のタイプだ。心から笑って、本音がすぐ顔に出て、自分の容姿に自信がなくて、でもそれを卑屈には思ったりしていない、健全でまっとうな人間だ。そんな真っ白な雪原のような男に、何かしら足跡をつけて汚してみたかった。

本当にささやかすぎる反抗で、本人はまったく堪《こた》えてはいなかったが、瑞生は逆にそれでよかったと思った。仲良くならないといけないのに、嫌われることをわざわざ言う必要はない。

結果的に「タマキ」と呼ばれることになってしまったが、誉也の言い方は両親のそれとは似ても似つかないまったく別物の「タマキ」で、発音やイントネーションはまったく同じなのに、と瑞生は不思議に思いながらも安堵《あんど》した。誉也の言い方には角《かど》がない。キンキンと叱責するような不機嫌さも、おもねるような卑屈さも。

叱るときに乱暴に名前を呼ぶと、犬は名前を名前と認識せずに怯《おび》えるようになると聞いたことがあるが、まったく同じことが瑞生にも言えた。瑞生にとって「タマキ」は「悪い子」と同義だった。名前を呼ばれるときは、怒号か悲壮しかなかった。

でも誉也の「タマキ」は違っていた。それは叱責でも何でもなく、瑞生という「名前」だ。

ただ単に、瑞生が年を取って気にしなくなったからなのか、誉也が特別なのかはわからなかった。

「瑞生さん」

さっそく誉也に呼ばれ顔を上げると、焼肉屋の前にいた。

「ここですか？」

「はい」

築数十年は経っていそうなテナントビルの一階、ごちゃごちゃした看板と、殴り書きのメニューが目を引く。口が裂けても雰囲気がいい、とは言えない店構えだ。

瑞生が顔を引き攣らせたのがわかったのか、誉也が言い訳するように言った。

「小汚いけど、肉はいいものを仕入れてるんですよ」

「疑ってませんよ。誉也くんに教えてもらったチーズケーキ、美味しかったですし」

誉也、という名前を口で転がすと、まだ違和感しかない。これを自然に言える頃には、きっと砕けて話せるようになっているだろう。

中に入ると、まだ時間が早かったせいか、一組しか先客がいなかった。とは言っても、こぢんまりとした店なので、席は三、四人座れるテーブルと二人席が四つずつしかない。入ってもせいぜい二十人ほどだろう。

「あらぁ、たかちゃん、いらっしゃい」

奥から顔を出した中年女性が、誉也を見つけると親しげに声を掛けた。どうやら誉也は常連らしい。

「こんにちは、おばちゃん。二人なんだけど、大丈夫ですか？」

「あらあらあら！　随分なハンサムを連れてきたわねぇ」

彼女は遠慮なく瑞生を上から下まで眺め回したあと、頷いて広々としたテーブル席のほうを指差した。

「今日は予約そんなに入ってないから大丈夫よ」

「ありがとうございます」

瑞生も頭を下げ、案内された席に着く。

「仲良《い》いんですね」

瑞生には店員と親しく話すような店はない。素直に感心して言うと、おしぼりで手を拭きながら誉也が笑った。

「ああ、小さい頃から通ってるんで。でも、なんかすみません、あの人イケメンに目がなくて、じろじろ観察しちゃうんですよね」

別に、と瑞生が首を振る前に、「人を好きものみたいに！」とさっきの女性が持ってきたメニューで誉也の頭を叩いた。客にそんなことをするなんて乱暴だな、と目を瞠ったが、叩かれたほうの誉也はどことなく嬉しそうだ。本当に仲が良いのだろう。

「今日のおすすめは牛タンとイチボね」

「じゃあそれを四人前ずつ。トマトもひとつ、飲み物は――瑞生さん、何にします？」

「生ビールを」

「生ビールふたつ」

さくさくと注文を決める誉也に、瑞生は少し驚いた。慣れた店とは言え、優柔不断そうに見えるのに意外としっかりしている。

「あとは適当に食べながら決めるんで、とりあえず以上で」

「はいよ」

それから瑞生にメニューを差し出し、好きなものを決めるよう言った。スマートだ、と思った。

先にビールが運ばれてきて乾杯を済ますと、誉也は瑞生の仕事について聴きたがった。

「今までどんなものを手掛けてきたんですか？」

瑞生が日本美術を嫌っている、と前回の川瀬氏とのやり取りで気づいているはずなのに、どういうつもりだと緩みかけていた心がぎゅっと引き締まる。視線をジョッキグラスに注いだ。

単に興味があるだけなのか、それとも、瑞生の美術品に対する考えを探ろうとしているのだろうか。もしそうだとしても、もう川瀬氏には断られたのに今さら探るなんてことがあり得るのだろうか。もしかして瑞生がまだ諦めていないことに気づいているとか――？

言葉を詰まらせた瑞生に、誉也は手を振った。

「あ、言えないようなやばいやつじゃなくていいですよ」

屈託のない顔で言われ、瑞生は肩の力を抜いた。どうやらただの興味本位らしい。

「言えないものはないですよ。公開しているオークションばかりなので。そうですね、例えば有名どころだと狩野探幽《たんゆう》の絵巻だとか」

「あ、狩野派は俺でも知ってます。確か幕府お抱えの絵師の流派ですよね？」

「そうです。狩野派には幕府の行事を絵にするっていう仕事があったんですけど、お姫様の輿入《こしい》れが描かれたものを取り扱ったことがあります」

「へえ。国内のオークションに？」

「いえ、それはロンドンのオークションに」

「瑞生さん、海外出張も多いんですか？」

「そうですね。一応日本美術担当なので、本社や他の支部で日本美術系のオークションが開催されるときはヘルプで行きますね」

「え、じゃあ英語ペラペラ？」

「喋れないと相手にしてもらえませんから」

小学生の頃から、父に英会話教室に通わされていた。父に師事している研究者たちの中にも外国人はたくさんいたし、父も流暢《りゅうちょう》な英語を話していたのを覚えている。ああ、ここにも父の影がある、とこめかみが疼《うず》いた。

「すごいですねぇ。俺、一応読めることは読めるんですけど、会話となると全然ダメで」

「ああ、日本人はそのパターン多いですよね」

話し込んでいると、肉の載った皿がどんっと目の前に置かれた。

分厚いタンに、引き締まった赤身のイチボ、それに真っ赤に熟れたトマト。訊けばトマトは店で育てたものだという。

「ハンサムに食べられるならトマトも喜んでるわ！　私も育てたかいがあるってもんだよ」

「大袈裟だなぁ」

「あんたは食べなくて結構」

トマトの皿を瑞生のほうへ寄せ、彼女はにこにこと瑞生に言った。

「いっぱい食べな。あんたにはサービスするから」

「俺には？」

「ハンサム以外にはしないよ」

まただ。長年通っているはずのここでも、どうしてか誉也の造形の美しさは気づかれていないらしい。

「あの」と瑞生は声を上げた。「誉也くんもかなりかっこいいと思うんですけど」

　真剣に言ったつもりだったのだが、ふたりにきょとんとされ、瑞生も首を捻る。

「え、それ、さっきも言ってましたけど、真面目に言ってるんですか、瑞生さん」

「そうですけど……？　私、初めてお会いしたときから思ってましたよ。男らしいし、何より整ってる。左右対称って人の顔にはあり得ないと言われてるんですが、限りなく左右対称に近い人が美しいと認識される場合が多いんです。それで、思うに誉也くんはほぼ左右対称なんですね。だから私の目から見て非常に理想系というか、」

「ストップ」

　誉也が遮った。喋りすぎたかとはっとして口を閉じると、いつの間にか誉也の顔が真っ赤になっていた。

「あはははは」

　面白いものを見たように、店員の女性が笑った。

「あんた面白いねえ！　大学の先生か何かかい？」

「いえ、私は美術品を扱う仕事をしてまして」

「ああ、なるほど」

　納得したと頷いたのは誉也だ。顔をおしぼりで冷ましながら、もごもごと言う。

「品評されてたわけだ」

「いや、そういうわけじゃなく。ただ単に思ったことを言っただけで」

「たかちゃんがかっこいいねえ？」

信じてなさそうな声に、瑞生はむっとした。だがそれを顔に出さず、身体を浮かせて誉也の眼鏡に指を掛ける。

「眼鏡取ったらわかりますよ」

半ば無理やりもぎ取り、ついでに前髪も上げてやる。

「ちょっ」

現れた誉也の素顔は、やはり整っていた。目も綺麗だし、鼻も高い。眉毛だって凛々しい。これを見て不細工だと言う人はまずいない。

ね、と同意を求めると、彼女は「あらあら」と驚いたように目を見開いた。

「なあに、たかちゃん、意外とかっこいいじゃない！　そのダサい眼鏡やめたほうがいいわよ。ついでに髪も切ってらっしゃいよ」

瑞生は思っていたことを代弁してくれた彼女に、うんうんと内心で激しく同意した。

「えっ、そう？　じゃあ俺にもサービスしてくれます？」

「するわよぉ」

急に態度を改めルンルンと去っていく彼女に苦笑しつつ、誉也は瑞生の手から眼鏡を取り戻し、装着した。前髪もくしゃくしゃに戻し、ほっと息をつく。

「視力悪いんですか？」

外したときと大して目の大きさが変わらなかったので伊達《だて》かとも思ったが、「乱視なんです」と誰にともなく申し訳なさそうに彼は言った。

「眼鏡、変えればいいのに」

もったいない、と瑞生がつぶやくと、肉を焼きはじめた誉也がそわそわしながら答えた。

「昔からこうだから、今さら変えるとなると落ち着かないんですよ。髪も、馴染みの理容室がおしゃれとは程遠いから。でもかっこいいって言ってもらえて嬉しかったです」

言われ慣れてないのが丸わかりだ。本当に本人も周りも、今まで何を見てきたのだろう。

瑞生の性格上、価値のあるものが正当に評価されないと落ち着かないを通り越して腹立たしくなってくる。

七年以上前のことだが、以前、無名だったが相当巧《うま》い絵を描く画家の絵を高価格で査定したら、よその鑑定士たちに鼻で笑われたことがある。結局、その絵はロンドンでオークションにかけたのだが、瑞生の予想どおりの金額で競り落とされた。そしてその後、その画家の名は売れ、今ではほぼすべての作品が高額で取引されるまでになった。無名だろうが何だろうが、いいものには価値がつく。いや、価値をつけて関心を向けさせるのも瑞生たちの仕事だ。

今人気の伊藤若冲《いとうじゃくちゅう》の作品も似たような境遇だった。一昔前まで見向きもされていなかったのに、ここ数年で一気に人気が爆発したのは誰もが知っていることだろう。

だから、瑞生は誉也を見ていると疼くのだ。彼の価値を認めさせたい、と。

「イメチェンしたらモテるでしょうに」

なおも食い下がると、誉也はそれに苦笑いで応えた。

「見た目だけ変わったって、中身がないとダメでしょう。見た目で寄ってくる人は、俺はあまり信用しないかな」

どきりとした。まるで自分のことを言われているようだった。

動揺したのを抑えて、ビールを飲む。これ以上言ったらボロが出る。喉を潤してから、瑞生は人当たりのいい笑みを浮かべた。

「そうですね。誉也くんが納得してるなら、それでいいと思いますし、確かに中身を見てもらって選んでくれたほうが嬉しいですよね」

議論したいわけではない。いつもならもっと賢く立ち回れるのに、今日の自分は空回りしてばかりな気がする。

「焼けましたよ」

誉也がちょうどいい焼き目のついたタンを、瑞生の皿に載せた。きれいに話題を流された気がして、意地悪な気持ちが湧いた。

「誉也くんは見た目もですけど、性格もいいと思います。助けてくれたし、面倒事も引き受けてくれたし、やさしいです」

何人もの顧客をとりこにした評判の笑顔でじっと見つめ、言ってやった。冷めそうになっていた誉也の顔が、また赤くなった。

「ふっ、もう、からかわないでください」

照れがごまかすような笑いに変わり、意味もなくトングをカチカチ鳴らす。それを見て少し胸がスッとした。

そのあとは、誉也の仕事の話をしたり、川瀬氏についても話をしたりした。誉也の生い立ちは的場から情報を得て知っていたが、彼自身も特段話したくないような雰囲気はなく、酒が入っていたせいもあってか、軽い調子で、両親が事故に遭って亡くなったこと、それから祖父である川瀬氏に育てられたことを瑞生に打ち明けた。

「大変でしたね」

「はい。でも、じいちゃんとばあちゃんがいたから、寂しくなかったですよ。すごく感謝してます。じいちゃん大好きなんです、俺」

大人になって臆面もなく身内を好きだと言えるのは、非常に稀《まれ》なことだと思う。少なくとも瑞生にとってはそうだ。そもそも、両親のことは本心から好きではないから好きだとも言いようがない。

「仲が良くて微笑ましかったです」

「瑞生さん、誤解しないでやってくださいね。頑固だけど、思いやりのある人なんです」

「大丈夫ですよ。誉也くんを見てたらわかります。いい人に育てられたんだなって」

「はい」

謙遜もなく、誉也は頷いた。まっすぐすぎるその瞳から、瑞生は視線を逸らした。じくじくと心臓から血が滲《にじ》み出るような、そんな心地がした。

しかしそのあとすぐ、誉也の口から押し殺したようなため息が漏れ聞こえた。何事かと思って彼に向き直ると、祖父のことを話していたときのまっすぐさが翳り、自信のないあの瞳が表に顔を出していた。

「どうかしたんですか」と思わず瑞生は訊いた。すると誉也は「ちょっとかっこつけすぎました」と気まずそうに言った。

「確かにじいちゃんはいい人ですけど、俺はそうでもないなって」

「どうしてそう思うんですか？」

続きを促す瑞生から逃れるように、誉也はいったんビールで喉を潤す。そして少しのあいだ沈黙して、それから口を開いた。

「両親のことは正直もうあんまり覚えてなくて。悲しいとも思わないし、そもそも思い出すこともなくなって、だんだん忘れていってるっていうか。じいちゃんやばあちゃんに大事にしてもらったから、それでいいって思ってるんですけど、だからこそたまに自分が薄情だなって思うときがあるんです。血の繋がった両親なのに、忘れてもいいなんて思ってる自分が」

沈鬱《ちんうつ》そうに、誉也は語った。だが、彼の両親が亡くなったのは彼がまだ五歳のときだ。それからもう二十四年が経っていて、そんな幼い頃の記憶をはっきりと覚えているほうが稀だ。それに、事故でいっぺんに亡くなったというなら、当時の彼にとってはつらい記憶でもあっただろう。自衛のために忘れるという選択は、決して責められることではない。

家族にもいろいろある。それは瑞生も感じていることで、誉也が薄情だというのなら、自分は比べものにならないくらい冷酷だ。そんな自分を否定したくなくて、瑞生は何でもないことのように首を横に振った。

「別に、それでいいんじゃないですか？　今が幸せだって思うから、過去のわずかな思い出に頼らなくて済んでるってことでしょう？　いつまでも故人に囚《とら》われて、うじうじしてるより健全だ。それなら誉也くんのご両親だってそのほうがいいに決まってる」

死んで随分経つのに、未だに自分の前に立ちはだかる父親の影を見たような気がして、瑞生は誉也の背後から目を逸らした。

「可哀想《かわいそう》にって、よく言われるんです」

誉也が言った。

「この話をすると、だいたいの人が、ご両親の思い出がなくて可哀想だねって。あるいは、ご両親が可哀想って。別にいいんじゃないって言ってくれたの、瑞生さんが初めてです」

嬉しさの滲んだ声に、瑞生ははっとして誉也に視線を戻した。目を細めて眩しそうにこちらを見つめる彼と目が合って、不覚にも体温が一度上がったような心地がした。

「……そもそも他人が他人の気持ちを推し量るなんて、無理なことだから。俺は俺の都合のいいように解釈するだけだよ。でも、それでいいと思う」

「そっか。そうですよね」

嚙みしめるように頷いてから、誉也は「いい人だ」とふいにつぶやいた。

「いい人？」

「瑞生さんのことですよ。中身も、見た目も」

朝会ったときよりも、この店に入ってきたときよりも、彼の視線には親愛が籠もっていた。

ノンケだと言っていたけれど、この調子でいくならば好意だけでなく恋情までをも持たせられるかもしれない。そんな打算的なことを考えて、瑞生は失笑した。〝いい人〟が聞いて呆《あき》れる。

「いい人なのに、追い返すんですか？」

応挙のときのことを持ち出すと、誉也は案の定気まずそうに苦笑した。

「それを蒸し返されるともう何も言えないや」

「冗談だよ」

あまり遅いと帰れなくなるので、と午後八時半過ぎには解散することになった。

割り勘にしようと提案する誉也を押し退《の》けて瑞生が全額支払うと、じゃあ今度は俺が奢《おご》ります、と彼は言った。

「それじゃお礼の意味がないんだけど」

話すうちに、酒も手伝っていつの間にか瑞生の敬語が取れていた。仕事関係の付き合いではないので、年上である瑞生のその態度を誉也も特に気にした様子はない。

「友だちなんですから、鎌倉案内も俺の休日の暇つぶしに付き合ってもらう感じになりそうですし、お礼とかもうどうでもいいです」

「そんなわけにもいかないよ。友だちでもちゃんと線引きしなきゃ」

「瑞生さん、他の友だちともそんな感じなんですか」

拗《す》ねたように言われ、瑞生はあやすように誉也の背中をポンポンと叩いた。

「凭《もた》れかかりすぎるのを良しとしない信条なんだ」

本当はそこまでの友人がいないだけなのだが、黙っておいた。友だちがいないなんて言ったら、誉也はあれこれ言ってきそうな気がする。

瑞生の交友関係は広いが、深くはない。悩みを打ち明けられる人はいないし、つくる気もない。恋人ならその役割も担えるのだろうが、的場と関係を続けていこうと思っている以上、恋人をつくるのは無理だろう。たまにそのことに不安を感じなくもないが、どうせ結婚しないのなら悩む必要もないのだと、毎回同じ結論に行き着く。

「俺は瑞生さんになら凭れかかられてもいいです。軽そうだし」

「そりゃ君よりは軽いだろうけど。……誉也くんはもう少し警戒心とか危機管理とか覚えたほうがいいと思う。人が好きすぎる」

「そうですかね？　普通でしょ」

「俺の周りにはいないタイプだ」

人懐っこさでは村上も同等だが、抱え込もうとする誉也と違って村上は抱え込ませようとするタイプだ。隙を見せたらすぐに甘える。

「人に頼るのは悪いことではないですよ」

「そうかもしれないけど、落ち着かないから」

「そうですか」

ふむ、と殊勝な顔で誉也が顎に手を当てる。そしてすぐに「まあいいや」と元の顔に戻った。

「今度の土曜日、暇なんで瑞生さんの都合が良ければ鎌倉を案内します」

「商談もオークションもないし、多分大丈夫だと思う。ありがとう」

「いえ。また詳細はメールします」

「うん」

鎌倉駅で別れて、瑞生はひとり東京へ戻った。電車に揺られながら、妙な浮遊感に頭がぼーっとする。そんなに飲んでいないのにな、と考えてみても、違和感の正体はわからないままだった。

翌朝、起きると誉也から食事のお礼のメールが届いていた。土曜日の件もついでに書いてあり、瑞生は『そちらに合わせる』と簡潔な返事を送った。

するとすぐ、朝何時に鎌倉へ来られるのか、夜は何時に帰らねばならないかを教えてと返事が来た。文末にはかわいらしい犬の絵文字がついている。随分懐かれたものだ。

決めてくれればそのとおりに行くのにな、とトーストを焼きながら頭を捻る。

家から鎌倉まで電車で一時間。朝早すぎるのも迷惑だろうし、遅すぎても回れなくなるので、十時くらいが妥当だろうか。翌日の日曜日は午後から日本画商との約束が入っているが、それに間に合うなら朝帰りでもいいくらいだから、帰りの時間は気にしなくてもいい。

結局、『朝十時、夜は宿泊予定』と打ち込み、少し迷って誉也と同じように文末に犬の絵文字をつけて返信した。

『ＯＫ。十時に鎌倉駅！』

今度は犬の絵文字とハートマークがついていて、瑞生は停止しそうになる思考をごまかすように、ふっと噴き出した。


ランディーズは世界規模の会社だといっても、日本支部はそれほど大きくなく、社員は百人にも満たない。だからオークションが近くなれば支部長補佐である瑞生まで借り出されることもあり、部下に混じってカタログ用の美術品の撮影をしたり、会場のセッティングをすることもしばしばだ。

本来、管理職である補佐の業務は、大規模な商談についての審査や各部門の統括、海外にある本社や支部とのやり取りのはずだったが、小畑の意向で瑞生はほぼ遊撃隊のようなポジションに立っている。もしくは何でも屋と言ってもいい。

好きに動いて、パイプを作り、大きなヤマを探り当ててくる。それが瑞生の仕事だ。

それに、実のところ、支部長補佐はもうひとりいて、本来の業務は主にそちらが担っている。ちょうどいい役名がなかったので、同じ階級くらいにしとけと小畑の一声で決まっただけの肩書きだ。

しかしその分の仕事はしている、と瑞生は自負している。月に何度か開かれる東洋美術関連のオークションの目玉はほぼ瑞生の手柄で、莫大《ばくだい》な手数料を会社に落としていた。

岩倉瑞生の手にかかれば、埋もれていた美術品でさえ光輝く、とまで言われ、魔法使いと評されたこともあるが、瑞生にしてみればオークションが開催される前のカタログ作り、下見会での説明から、もうすでに価格吊り上げの駆け引きは始まっている。それらを経験と勘を駆使してパズルのピースを嵌めるように整えていく。だから決して魔法ではなく、これはビジネスの手腕なのだ。

「岩倉補佐、カタログの相談なんですが」

中国美術専門の四十代の男が、出社したばかりの瑞生に申し訳なさそうに声を掛けてきた。自分より年上の部下というのも当然いて、そういう人たちは瑞生が二十代で昇進した当初こそ非協力的だったが、数年も経つと瑞生の実力の前におとなしくなり、最近ではこうして相談もきちんと持ち掛けてくれるようになってきた。

「もう物撮りは終わったんですか？」

「ええ、まだどれを使うかは決めてないですけど、それより紹介文の書き方にいまいち派手さがなくてですね」

何度か修正した原稿と現像した写真が瑞生の前に広げられる。紹介文と写真とを見比べると、確かに欲しいと思わせるような魅力がない。

「写真多めにしてレイアウト変えましょうか」

「と言うと？」

「写真をもう少しパーツにこだわって大胆なアングルにして、文字は小さめでシンプルに」

「社のテンプレートとはだいぶ違いますけど、大丈夫ですか？」

「テンプレよりいかに価値がありそうに見せるか、ですよ。前も同じようなことやりましたけど、お咎《とが》めなかったですし」

「でも」

「ダメなら私が責任取りますから。私の指示でやったってことにしてくださって結構です」

瑞生はパソコンで撮影室のスケジュールをチェックし、それから「今から撮り直ししましょうか」と立ち上がった。

「えっ、いいんですか」

恐縮したような男の態度に、瑞生はおどけたように肩をすくめて見せた。

「いや、出品物を見たいっていうただの好奇心ですからお気になさらないでください」

毎回プロのカメラマンに頼んでいたら莫大な額になってしまうので、大規模なオークション、その中でも一千万円を超えるもの以外の美術品のカタログ写真は、社内にある撮影室で担当スタッフが撮ることになっている。

当然撮影技術も身に着けなくてはならず、瑞生も入社当時は相当勉強した。おかげで今では物撮りだけで言えばプロ並みの腕前になっている。

瑞生が撮影室に行くとわかると、瑞生の物撮りを見学したいというスタッフたちがわらわらと寄ってきた。その中に村上もいて、「教えてくださいっすー」と微妙な敬語で話し掛けてくる。

「村上くん、仕事しなくていいの？」

「してますよ！　今たまたま手が空いてるだけ！」

「和泉《いずみ》さん怒ってたよ。村上くんに任せたカタログの紹介文の残りがまだ上がってきてないって」

和泉というのはもうひとりの支部長補佐だ。日本美術に特化した瑞生がカバーしきれない西洋美術、宝石などを手掛けている。

えっ、と村上が焦ったように口元を押さえた。

「俺提出し忘れてた？」

「早く行ってきたほうがいいんじゃない？」

瑞生の進言にやべーやべーと言いながら、村上がバタバタと撮影室を出て行く。社内で走るな、と瑞生が言う前に、「こらっ！　走るな！」と扉の向こうから小畑の声がした。

「うへぇ！　すみません！」

「まったく」

ため息をつきながら小畑が撮影室へやってきた。支部長の登場に、瑞生を取り囲んでいた社員の空気がピリッとしたものに変わる。自分は舐められているんだろうかとこういうとき瑞生は思う。一応小畑の次に偉いのだが、瑞生の場合若さのせいもあってか二十代から三十代前半の若手が集まりやすく、どうしても和気藹々《あいあい》とした雰囲気になってしまう。

「どうしたんですか、小畑さん」

「岩倉、来客だ」

「どなたです？」

「的場さんだよ」

名前を聞いて、瑞生は眉をひそめた。的場にはこの前会ったばかりだ。彼が好きそうな美術品のオークションも当分ないし、わざわざ会社を訪ねてくるなんて、一体何の用だろう。

「俺の部屋でお待ちだ」

「はい。小畑さんは？」

「俺はさっき散々話したから」

撮影の雰囲気とアングルの指示を軽く出してから、瑞生は支部長室へ向かった。

ノックして中へ入ると、的場がソファでコーヒーを飲みながらランディーズ本社で行われるオークションのカタログを眺めていた。光沢のある厚めの紙をめくる右手の人差し指には、シンプルなプラチナの指輪が嵌まっている。

「やあ、ミズキ」

ねっとりとした声で呼ばれ、瑞生は視線を指から顔に向けた。

「こんにちは。どうしたんですか？　わざわざこちらまでいらっしゃるなんて」

「ああ、たまたま近くで仕事があったからね。ミズキの働きっぷりを見学に来たんだよ」

「参観日ですか」

ふふっとおかしくもないのに笑ってみせると、的場はカタログを閉じて向かいに座るよう瑞生を促した。いつもより落ち着きのない的場の様子に首を傾げながらも、瑞生は言われたとおりに座った。

「首尾は？」

「応挙ですか？」

「ははは、他に何がある」

「孫のほうと友人になりました。お人好しな人間なので、川瀬氏の動向をそれとなく探りながらこちらの味方に引き込む予定です」

「お友だち、ね」

的場がソファの背に凭れかかり、馬鹿にしたような口調で言った。

「そんな悠長にしてていいのかい？　仲良くなる前にあの老人が他のやつに売らないとも限らない」

「ですが、焦って交渉しても川瀬氏は落とせない。それにまだ一週間も経ってませんよ。いつもなら私に任せてくれるのに、どうしたんです、的場さん」

訝って見つめると、的場は珍しく余裕のない顔で視線を伏せた。

「……情報がどこかから漏れていてね」

「え？」

「応挙の買い手を探している人がいるという噂が、鎌倉付近で持ち上がっている」

「ああ。それは私も聞きました。でも具体的に誰がという話にまではなっていませんでしたよ。もしかしたら川瀬氏が他にも依頼しているのかもしれません」

　別におかしくはない話だ。的場以外にも情報を持っている人はいるだろうし、美術商のあいだで話が広がるのはいつものことだ。

「それはない」

　きっぱりと的場が言った。

「どうしてです？」

「あのご老人は実力があって信用の置ける仲介人をピックアップしてくれと、とあるルートで依頼したはずなんだ。そして、私は君を薦めた。他の連中はどうだか知らないがね。でも間違っても簡単に口を滑らせるような馬鹿ではないだろう」

「そう言えば、その噂を知っていたのは日本美術にはあまり詳しくない骨董屋でした」

「これはね、ミズキ。本来しかるべきところでしか広まらない噂なんだよ」

「ピックアップされた仲介人がすべてダメで川瀬氏の独断で動いた可能性もあるのでは？」

　言いながら、瑞生は自分自身もそこに含まれているという皮肉に頬を歪《ゆが》めた。

「高価なものを持っているというのはそれだけ狙われやすいということだよ。だからこそ川瀬氏は信用の置ける人間を選別しようとした。そんな人が手当たり次第みたいなことをすると思うかい？」

確かに、それは考えにくい。川瀬氏以外の事情を知っている人間が流したとも考えられるが、誉也が吹聴《ふいちょう》して回っているとも思えない。昨日じっくり話してみてわかったが、誉也は結構そういうところの分別はついている。

「この件についてこの会社で知っているのは？」

的場が訊いた。

「私と小畑さんだけです」

川瀬氏の応挙の話は、それ以外は知らないはずだ。小畑も簡単に口を割る人間ではない。

ふむ、と的場は考え込む素振りでしばらく押し黙った。だがすぐに膝を打って立ち上がった。

「まあ、不穏な動きもあるようだから、ミズキも早めにカタをつけることだ」

瑞生の目の前まで近づくと、的場は身を屈めて瑞生に口付けた。会社でやるなよ、と思いつつ、まあ無断でここに立ち入ってくる人間はいないか、と諦めて瑞生は求められるままに薄く唇を開いた。

遠慮なしに口腔《こうこう》を蹂躙《じゅうりん》され、スーツの上から胸を揉まれる。

しかしその手が股間に伸びようとしているのを感じ、さすがに無理だと瑞生はその手を叩いて止めた。

「会社ですよ。続きがしたいなら夜にしましょう」

「すまない。君の美しさについ、ね。でも残念ながら夜は忙しいんだ。また何かあったら連絡する」

「ええ。お待ちしております」

的場が帰ろうとしたので、瑞生も立ち上がって先回りし、支部長室のドアを開けた。

「ミズキも進展があれば連絡してくれ」

名残を惜しむように肩を抱かれ、的場の唇が髪に触れた。

外まで見送りに出ると、会社の前に黒塗りのセンチュリーが停まっていた。的場の社用車だ。運転席には見知らぬ神経質そうなノンフレーム眼鏡の細身の男が乗っている。

「あれっ、運転手変わったんですか？」

前はもっとがっしりした身体つきの二枚目で、瑞生好みの男だった。的場ではなくあの男相手になら毎晩だって喜んで股を開くのにな、と思ったのを覚えている。

「ああ、前の彼は長い休暇中だよ」

「そうですか」

残念だ、と少しがっかりしたが、特段執着しているわけでもない。

「お気をつけてお帰りください」

瑞生が頭を下げると、その頭を的場が撫でた。

「じゃあね」

車が角を曲がるまで、瑞生は的場を見送った。車が見えなくなっても、ほのかに的場の香水の匂いがまとわりついて、しばらく見張られているような心地がした。

土曜日の朝、鎌倉駅に着くと、改札のところにすでに誉也が待ち構えていて、瑞生を見つけると嬉しそうに手を振った。

「瑞生さん、こっちこっち！」

シンプルな黒のTシャツに、白いチノパン。手首には前に見た革のブレスレットをしている。ファッションセンスはそこまで酷《ひど》くはない。だが、相変わらず鬱陶《うっとう》しそうな髪に厚ぼったいフレーム眼鏡を掛けていて、隣を通る女子高生はそんな誉也を迷惑そうに眺めて、鼻の上にしわをつくった。眼鏡を取った誉也を見たら、絶対にそんな顔はしないだろうなというのが容易に想像できる。そしてその子が知らない誉也を自分は知っているのだという優越感に瑞生は顔を綻ばせた。

「おはよう。今日はよろしくお願いします」

「こちらこそ。道案内も兼ねていろいろ観光スポットにも付き合ってもらいますから。地元に住んでるとなかなか観光客の行くようなところは行かないんですよね～」

酒を酌み交わして打ち解けたとは言っても、まだ数回会っただけの人間には時間が空けば普通はまた少し警戒心を抱く。だが、誉也はこのあいだ別れてすぐのような気さくさで、瑞生に微笑んだ。よく躾けられた犬のようだ。そこには顔の造形と違って野性味も何もない。メールについていた絵文字を思い出した。

「結局この前は部下と少し街を歩いただけで帰っちゃったし、観光もできなかったからすごく楽しみにしてる」

鎌倉はちょくちょく訪れているが、目的は主に古美術商巡りなので、観光スポットと言われる神社仏閣に行くのは中学生のとき以来だ。もちろん、そんな話は誉也にはしない。鎌倉の土地勘はまったくないということになっている。

「私服、初めて見ました。思ったよりかわいいですね」

瑞生が今日の算段を考えていると、ふいに誉也がそんなことを言う。そう言えばスーツでしか会ったことがなかった。今日の瑞生の服装は、三十代にしては若い、水色のロールアップジーンズにチェックの半袖シャツだった。いつもは分け目をつくっている髪も無造作に下ろし、ワックスで遊ばせている。まだ見た目も若いのだし、誉也と一緒にいても違和感のないように選んだつもりだが、駄目だっただろうか。

「いい歳したおっさんが若づくりするなよなって?」

わざと不機嫌を装って顔をしかめてそう言うと、誉也は焦って首を振った。

「いやいや、スーツのときはびしっとしてたけど、私服だとやさしそうだなって思って。悪い意味に捉えないでくださいよ。似合ってますよ」

「なるほど、スーツのときの俺は怖いのか、そうか」

「違いますって！　言葉のあやですってば」

誉也をからかうのは、面白い。くつくつと肩を揺らすと、そこでからかわれているのに気づいた誉也が「もー」とため息をつく。

「なんか、瑞生さんって第一印象と全然違う」

「そりゃあ、仕事とプライベートは別だから」

「これも一応お仕事なんじゃないんですか」

「仕事のためではあるけど、今日は給料出るわけじゃないからね。それに、俺たち友だちなんでしょ？」

「もちろん」

眼鏡のブリッジを押し上げて、誉也が頷く。ブレスレットが揺れて、視界に入った。

「それ、この前も着けてたよね？」

指を差すと、前回同様誉也はまた恥ずかしそうにもう片方の手でブレスレットを隠そうとする。それを止め、瑞生は誉也の手首を摑んで引き寄せた。

「なんで隠すの」

「実はこれ、俺が作ったんです。だからちょっと恥ずかしくて」

だったら着けてこなきゃいいのに。だが誉也の顔には羞恥心の他に褒めてほしそうな色も浮かんでいた。わかりやすくて笑いそうになる。

「すごいね。革細工やってるんだ」

「大したものは作れないんです。それに、目の肥えた瑞生さんに見せるの、自信がなくて」

「そんなことないよ」

革細工のことは専門外だが、丁寧に作られたのはわかる。そのへんの店にも売っていそうなほどの出来栄えだ。ただ、やはり美術品レベルかと言うとそうではない。だが趣味でやっているものにそこまで求めても仕方がない。確かに瑞生は目は肥えているが、何でもかんでも採点するわけじゃないし、批評したりして無粋を働くことはない。

「俺は鑑定はできるけど、創作に関してはてんでダメだから、こうやって物を作れるのはすごいと思う」

「やってみたら結構簡単ですよ。今度やってみますか」

「いや、いいよ。本当に不器用なんだ。絵なんて幼稚園児並みだし、料理も裁縫も壊滅的に下手なんだ。誇張でも何でもなく」

昔から美術や家庭科の技術面の評価は最低だった。ひとり暮らしをしている今、食事はすべて外食かコンビニ弁当だ。洗濯もクリーニング。部屋の片付けさえできれば、人間生きていける。そんな考えの自分が革細工なんてとてもじゃないが無理だ。

「残念です。面白いんだけどなあ」

「作ってるとこなら見たいけどな」

瑞生が言うと、誉也は嬉しそうに「はい、じゃあ今度会ったときはぜひ」と次の予定を決めてしまった。おそらく本当に作っているところを見せてくれるつもりでいる。

他の人に言われたら、面倒くさいな、と内心困っただろうに、瑞生はその言葉をただ楽しみとして受け入れた。

「さて、瑞生さんが用があるのはどのへんなんです？」

訊かれ、瑞生は地図を広げた。今日のために得意先に印をつけておいたものだ。誉也は地図を覗き込むとすぐに理解したようで、ああ、と試験であまりに簡単な問題が出たときのような、落胆とも安心とも取れる声を出した。

「ちょっと離れてるのでバスで行きましょうか。って言っても、十分くらいですけど」

「バス停見つけるとこから迷いそう」

「どんだけ方向音痴ですか。見えてるでしょ、あそこ」

ほらほら、と駅の外にあるロータリーを指して言う。

「冗談だよ、さすがにわかるよそれくらい」

「もー……」

「誉也くん、牛みたい」

「もー！　……あっ」

口癖をからかった端からまた口にして、思わず瑞生は噴き出した。

頬の筋肉が自然に動いていることに、数秒遅れて驚いた。意識的に笑うことはあっても、素で笑うことは滅多にない。そう言えば、さっき誉也と顔を合わせてから、何度か瑞生は普通に笑っていた。誉也があまりにも警戒心を持たないから、釣られて瑞生まで緩くなっているのかもしれない。そして普段ならそのことに気づいた時点で気を引き締めるのだが、誉也相手にはまあいいかという気がした。多少ヘマをしたところで、誉也はそうそう悪いほうには捉えないだろうし、事実、瑞生が応挙狙いでストーカーまがいのことをしてまで彼に近づいたことにも気づいていない。その可能性を考えもしない。

　瑞生をいい人扱いするくらいなのだから。

「さ、バス停に行こうか」

　気を抜いて笑いながら、瑞生は誉也の背中を押した。その硬い筋肉の感触に少しだけ胸がざわついたのには、気づかないふりをした。

　バスに揺られること十分弱、誉也に率いられて降りると、停留所のすぐ目の前に目的の古美術商の店があった。いつもは駅からタクシーで来るので、こんなに近くにバス停があるのも知らなかった。

「これなら迷うこともないね」

　感心して言うと、誉也は自分が褒められたと思ったのか、「でしょ」と得意そうに笑った。

　その店の前でまた地図を広げ、同じ通りにある次の店まで歩く。そしてまた次の店へ、というのを繰り返し、主要な通りや路線をひととおり教わった頃には、正午を回っていた。

　時計を確認した誉也が、「そろそろお昼ご飯にしましょうか」とお腹をさすった。

「そうだね。歩き回って疲れたし」

瑞生が洋食屋をリクエストすると、誉也はいくつか候補を挙げ、その中のハンバーグランチの美味しい店というのが瑞生の琴線に引っかかり、悩むことなくその店に決まった。

「なんか、誉也くんって案外しっかりしてるよね。エスコートがうまいっていうか」

「そうですか？」

「うん。もっと優柔不断そうだなって思ってたのに、結構物事をはっきり言うし、決断も早い」

「うじうじ悩んでたら、じいちゃんに怒られるんで。それでかな。あ、あと、会社の上司も厳しい人で、すぐに決めないと機嫌が悪くなるんですよね。おかげで決断力はつきました」

「なるほど」

ガキっぽいという最初の印象は、もうとっくになくなっていた。それどころか、存外男らしい一面に好印象さえ抱きはじめている。

「少しは見直してくれました？　俺のこと」

にっと白い歯が覗く。歯並びもいいのだと、改めて彼の顔をまじまじと観察した。手のひらに、さっき触れた彼の背中の感触が蘇った。

瑞生好みの顔に、硬い筋肉、朗らかな性格――。

あ、やばい、と瑞生は視線を伏せた。

「……やさしいとは思ってたよ。最初から」

チョロい、と思っていた。簡単に手を差し伸べて、簡単に騙されて、ノンケのくせに瑞生に見惚れる馬鹿な男だと、思っていた。

だが、チョロいのは瑞生のほうだ。そんな誉也に、今無性にキスがしたくて堪《たま》らないのだから。


昼食を食べたあと、約束どおり今度は誉也の行きたいところを巡ることになったのだが、瑞生は久しぶりに訪れる鎌倉の名所に少し緊張していた。

父と来た場所に再び立つのは、あまり気分のいいものではなかった。言わばトラウマの原因に向き合うようなものなのだ。だが誉也と約束した手前、今さら行きたくないとは言えない。それを反故《ほご》にして、誉也に嫌われたら元も子もない。狙っている応挙のためもあったが、単純に瑞生自身が誉也に嫌われるのが嫌だと感じるようになっていた。

楽しそうにこれから向かう場所への解説を続ける誉也に頷き返しながら、瑞生は腹をくくった。

しかしやはり、鶴岡八幡宮に行けば、「ここに奉納されている国宝は何だ。早く答えろ、瑞生」と詰問する父の声が嫌でも聴こえてきたし、長谷寺《はせでら》に行けば、観音菩薩《かんのんぼさつ》が変化したとされる三十三の像の違いを答えられなくて、「こんなこともわからないのかお前は」と夕食を抜かれた苦い記憶が蘇ってきた。

だが同時に、史跡を巡るたび、瑞生は過去には感じなかった不思議な気持ちがだんだんと強くなるのも感じていた。

それは父が亡くなったあと、父の所有していた美術品を見たときの気持ちと似ていた。

幼い頃と比べて、やはりわかるのだ。その国宝や工芸品の素晴らしさが。

そして素直に、すごいなと感心できる心の余裕もいつの間にかできていた。

父が死んで十年以上経っている。

瑞生が畏怖《いふ》していた父の記憶が、少しずつ薄れていることに、そのとき初めて気づいた。

そして皮肉なことに、自分から遠ざけていた父に、今の瑞生が少しずつ近づいていることにも、気づいてしまった。

知識、経験。それらが嫌っていた父に追いつくほど、瑞生は父のことが怖くなくなるのだという、矛盾した事実。

父が何を見て、何を考えていたか、今ならわかる。理解できる。父がどうしてあのとき瑞生を叱りつけたのか、どうしてあんなにも必死に瑞生に知識を植えつけようとしていたのか。

「瑞生さん？」

だんだんと言葉少なになっていく瑞生に、不審そうに誉也が声を掛けた。

「どうしたんです？　つらそうですけど、どこか具合でも悪いんですか？」

「いや、大丈夫」

緩く頭を振って、瑞生は微笑んだ、つもりだった。しかし頬に力が入らず、唇がわずかに引き攣れたように動いただけになった。

「休みましょうか」

そっと肩に手が触れて、抱えるように移動させられる。夏の暑さのなかなのに、熱く火照った誉也の体温が心地いい。

ノスタルジーと、無知だった昔の自分への憐憫《れんびん》と、走りはじめた心臓の音。複雑に混じり合ったそれらを、瑞生は喜んでいいのか悲しんでいいのかわからなくて、泣きたい気持ちになった。

近くにあった喫茶店に入り、出された水を一気に飲み干した瑞生を、誉也は心配そうに眺めていた。こんなときでも面倒がらずに、ましてや怒りもせずに、ただ純粋に相手を気遣う誉也をとても好ましく思った。自分は決して持ち合わせないそのピュアすぎるやさしさを独り占めしたい、とも。

「これを飲んだら今日はもう帰りましょうか。送っていきます」

店員が持ってきたアイスティーにガムシロップを入れながら誉也が言った。瑞生はゆるゆると首を横に振り、椅子に凭れかかって目を閉じた。少しのあいだ黙って、考えた。決心するのにさほど時間はかからなかった。このまま気まずい空気で別れるよりは、と思ったのだ。

「誉也くんに嘘ついてたことがあるんだけど」

「嘘？」

「俺、全然方向音痴なんかじゃないんだ」

「……それは、本当は道案内は必要なかったってことですか？」

「そうなるね」

「じゃあどうして」

閉じていた目を開け、瑞生は誉也の表情を確かめた。彼は戸惑っているようでも、怒っているようでもなさそうだった。ただ、ひどく真面目な顔をしていた。

「君と仲良くなったら、わかるんじゃないかと思って」

「何が？」

「君のお爺様が言っていたこと」

しばらく考えて、やがて誉也は思い至って、ああ、と落胆に頷いた。

「俺は繋ぎだったわけか。じいちゃんとの仲を取り持つための」

自嘲したように笑う。瑞生は「ごめんね」と謝ったあと、でも、と付け加えた。

「はじめそう思ってたのは否定しないけど、君と話してるうちに普通に仲良くなりたいって思った。だから今日は楽しみだったんだ。本当に。それは嘘じゃない」

瑞生の言葉に、誉也の顔がぱっと明るくなった。同時に疑問も貼りつけて、訊く。

「え、俺と仲良くなりたいのは本当なんですよね？　だったらどうしてそんな、」

「楽しくなさそうなのかって？」

「やっぱり具合が悪いとか」

「違うよ。……鎌倉はね、ちょっとトラウマがあったんだ」

「トラウマ？」

「俺の父親のこと、お爺様から聞いた？」

はい、と誉也は頷いた。

「とても優秀な研究者だったと。じいちゃん、岩倉さんの出した本、全部持ってるって」

「素晴らしい研究者だったと思うよ。でもいい父親じゃなかった」

アイスティーにミルクを入れる。比重の重いミルクが、氷のあいだを縫って、底のほうへ融《と》けながら沈んでいく。

「幼稚園の頃から、日本全国いろいろなところに連れていかれた。旅行だったらよかったんだけどね。そうじゃなくて、その土地にある文化遺産とか、重要文化財とか、国宝とか、ありとあらゆる美術品を見せられて、まだ文字も書けないようなガキに呪文みたいに教え込むんだ。あの作品はいつ創られてどこがどう素晴らしいのか、その当時の時代背景はこうだったとかね。それで、帰りの新幹線でその日教えたことをちゃんと覚えてるかテストするんだよ。正解できなかったら、その日の食事は抜きだった」

「それは、」

誉也が眉をひそめて、途中で口を閉じた。瑞生はそれを引き取って続けた。

「今で言うと虐待だろうね。昔は躾で片付けられただろうけど」

「お母さんは？」

「父の言いなりだったから。悪い人ではないけど、正直、なんで助けてくれないんだろうって思ってた。だから今もあんまり顔を合わせたくない」

　両親のことが嫌いだなどと打ち明ける瑞生を、誉也は軽蔑するだろうか。誉也の両親は、彼が幼いときに事故で亡くなっている。だから、両親が揃っていたのにそれを疎ましく思う瑞生に対して、軽蔑はしないまでも、少なからず複雑な思いは抱くだろう。だが、希望もあった。両親のことを忘れそうになると言っていた誉也なら、瑞生のこともわかってくれる気がした。

　瑞生は自分の腹の中で石のような重苦しい何かが積もるのを感じながら、渇いた喉を潤すためにアイスティーを一口飲んだ。

「だから、瑞生さんは美術品が好きじゃないの？」

「そうだね。無理やり覚えさせられたっていうのもあるし、大嫌いだった父の好きなものを、好きにはなりたくなかったから」

「でも、今美術品に関わる仕事をしてる」

「嫌いでも食べていくには使えるものは使ったほうがいいでしょ。現に、俺はトントン拍子で支部長補佐だ。日本支部のナンバーツーだよ」

　皮肉めいた笑みを浮かべると、誉也は首を捻った。

「でもそれは、瑞生さんの努力の賜物《たまもの》でしょ？」

　何を言われたのか理解するのに時間がかかった。瞬きを繰り返していると、誉也が言い直した。

「嫌いだと思ってても、ちゃんと勉強して、努力したのは瑞生さんでしょ。そんなに卑屈にならなくてもいいんじゃないですか？」

「でも、君が言ったんじゃないか。美術品を嫌いな人には任せられないって」

「それは……」

　気まずそうに誉也が頬を掻く。

「あのときはまだ、瑞生さんがどんな人か知らなかったから」

「今もそんなに知ってるわけじゃない」

「でも今日だけでわかったことはありますよ」

　瑞生が訝しげに目で問うと、誉也はにっと口角を吊り上げた。目尻にしわが溜まる。キスがしたい、とまた思った。

「瑞生さん、実はそんなに嫌いじゃないでしょ、美術品。というか、むしろ好きだと思う」

「は？」

　目尻のしわから、瞳にピントを合わせ直すと、得意げな表情の誉也が身を乗り出して続けた。

「だって、午前中のこと、覚えてる？」

「午前中？」

　得意先を回ったときのことだろうか。特に何かした覚えはない。

「商店街歩いてるときでも、美術品が置いてあるショーウィンドウを見つけたら、瑞生さん楽しそうに俺に解説してくれてたでしょ。これは誰それの作品だ、とか、これは贋作だけど本物だったらもっと迫力がすごいんだよ、とか」

「楽しそうだった？」

「ものすごく。失礼かもしれないけど、あのときの瑞生さん、子どもみたいでした」

クスクスと思い出し笑いをする誉也に、瑞生はかっと顔が赤くなるのを感じた。

そんなふうに見えていたのか。

「だから、なんていうか、昔のことなんて悩まなくていいと思うんです。今こうして瑞生さんが仕事で認められてるのは瑞生さん自身の努力の結果だし、美術品に真摯に向き合ってきた成果だと思う。最初に否定した俺が言うなよって話ですけど、瑞生さんはいいスペシャリストだと思います」

「悩まないでいいなんて、そう簡単にはいかないよ。どうしたって父の影はちらつくんだから」

「本当に嫌いなら、まったく違う道を選んでいたと思います。今の仕事を選んだ時点で、きっと瑞生さんはお父さんのことを、」

「言わないで」

誉也を遮り、瑞生は深いため息をついた。

「すみません。知ったような口をきいて」

「ううん」

確かに、父の考えは理解できるようになったが、それが正しいかどうか、許せるかどうかはまた別の話だ。

誉也の言うとおり、この仕事を選んだ時点でわかりきったことだったが、瑞生はそれに気づかないふりをし続けてきた。いや、実際気づいてもいなかったのだが、考えもしなかったのは瑞生の精神的な未熟さゆえだろう。

瑞生の中にいる子ども時代の瑞生が、父を憎むことで注いでもらえなかった愛情の補塡をしていたのだ。

——父の愛が欲しい。

もうそんなことをねだる歳じゃないのに。

「俺はまだ甘ったれだね。親の愛情に固執して、憎んだりさ」

「愛情と憎悪は表裏一体ですからね。どうでもいい人にはどちらの感情も抱かない」

「うん。今日ね、それがわかったから落ち込んでたんだ」

誉也がテーブルの上で両腕を組み、覗き込むように瑞生を見つめた。

「今はちょっと回復しました？」

「君のおかげでね。今日、回ってみてよかったよ。父が何を俺に伝えたかったか、今ならちょっとわかる。まあ、わかっちゃったのが悔しいんだけど。だから、受け入れるのが大変っていうか」

少なくとも、今日が瑞生の何かしらの起点になる、という予感があった。

凝《ここ》っていた胸の一部が、誉也の視線で融けていく。目尻のしわが、いっそう濃くなる。

「瑞生さん、じいちゃんに会いますか」

「え？」

「俺、あの掛け軸、瑞生さんに任せたいと思いました。じいちゃんに口添えします」

　願ってもないことだ。だが、瑞生は頷くのをためらった。

「俺はまだ川瀬さんの言っている意味がわからない」

「どういうこと？」

「俺は、素晴らしいものにはそれ相応の価格をつけたい。高い値がつけば、それだけその美術品の価値が認められたことになる。大金を払ってもそれが欲しいと思うことが、悪いことだとは思えない」

「好きじゃなくても大金を持っていれば手に入れることはできる」

「大枚を叩《はた》くからこそ、大切にする。俺が見てきた中で、手に入れたものをぞんざいに扱うような人はいなかった。お金を持っている人はね、その価値に見合った保管方法を知っているものだよ。その美術品が永く後世に残るためには、そういうところに渡るほうがいい、というのが俺の持論。多分君のお爺様には理解してもらえない」

　おそらく誉也にも。当たり前だ。どういう人が買うのか、誉也たちは知らないのだから。

「瑞生さんはそれが一番いいと思ってるんですよね？」

「そうだね。それでも扱いに不安が残るというなら、オークションじゃなくて、俺が知ってる日本画好きの人の中から何人か候補を挙げて、君のお爺様が譲り先を選んでくれてもいい。競ったりしない分、値段はそこそこにしかならないだろうけど」

「大事にしてくれる人ですか？」

「所有しているものには細心の注意を払う人たちしかいないよ。好きだから欲しがる。好きだから大切にする。違う？」

「……違わないですね。というかなんだかよくわからなくなってきました」

うーん、とフレームの下から指を入れ、誉也はこめかみを揉む。

「じいちゃんの意見も、瑞生さんの意見も、どっちも一理あるなって感じ。でも俺は、やっぱり瑞生さんに任せても大丈夫だと思います。少なくとも、大事にしてくれる人には渡りそうだ」

「それでお爺様が納得してくだされればいいんだけどね」

瑞生が苦笑すると、誉也は、ふむ、とテーブルの上に視線を転がした。もちろんそんなところに答えは落ちていない。

「……うん。じゃあこれからうちに行きましょう」

「聴いてた？」

「聴いてたからこそですよ。じいちゃんはもう少し瑞生さんを知ったほうがいい。もちろん瑞生さんも」

以前の瑞生なら、知ってどうなる、と冷めたことを考えていたかもしれない。だが、これは誉也にも関わることだ。それに、もし川瀬氏の言う「好き」の意味がわかったら、瑞生の中に漠然と広がる日本美術への想《おも》いに輪郭を与えることができるかもしれない。

日本美術の価値はわかる。素晴らしさも理解できる。

そしてその先にある何か。

それが摑めたら、いつまでも持ち続けている父への嫌悪から解放されるかもしれない。父の名前を出されるたびに感じていたあの言いようのない暗い気持ちも、もう感じなくて済むかもしれない。

「わかった」

瑞生は頷いた。

「行くよ。連れていってほしい」

じいちゃんの茶飲み友だちになってあげて、という誉也に、瑞生は内心不安を感じつつも従った。

茶菓子を買い、川瀬家へ向かうと、ちょうど玄関先で碁会所《ごかいしょ》から帰ってきたという川瀬氏と出くわした。瑞生を見るなり怪訝《けげん》な顔をした川瀬氏に、誉也が言った。

「友だちになったんだ。今日は仕事じゃないから」

「こんにちは。誉也くんにはお世話になってます」

瑞生が丁寧に頭を下げると、川瀬氏は追及せず、上がるよう言った。警戒されるかと思ったが、川瀬氏はいたって普通で、本当にただ孫の友だちに対するような態度で目尻を下げた。

「誉也の友だちなんて何年ぶりかな」

「え、誉也くん友だちいないの？」

「じいちゃん、誤解されるような言い方やめろよ。家に連れてこないだけでちゃんといるから、友だちは」

「友だちは」

瑞生が含みを持たせて言うと、川瀬氏が笑った。

「岩倉さん、誰かいい人いませんか。彼女のひとりも連れてきたことがないんですよ。もう三十にもなるのに」

「じいちゃん」

「それに関しては何も言えないですね。私も未婚で恋人もいませんし」

「今の人はのんびりしてますなあ」

「仕事が忙しくて恋愛どころじゃないってのもありますよ」

「そうそう」

誉也が瑞生の言葉尻に乗っかって同意する。

「まあ、誉也がそれでいいなら何も言わんがね」

「言ってるじゃん」

不貞腐《ふてくさ》れたように誉也が頬を膨らませた。表情が子どもっぽい。けれど、かわいいと思う。瑞生の好みは見た目も中身も野性的な男だったはずなのに。

この前通された客間に案内され、誉也がお茶を淹れてくる、と部屋を出て行った。わずかのあいだ、川瀬氏とふたりきりなる。

「応挙のことで誉也に何か言いましたか」

川瀬氏が訊いた。怒っているわけでもなさそうで、ただ事実の確認がしたいだけのようだった。

「川瀬さんに近づくために誉也くんに接触を図ったのは否定しませんが、話してみると面白くて、当初の目的とは関係なく友だち付き合いをさせていただいてます。いい人ですよね、誉也くん」

「あれはやさしすぎるんでね。いつか騙されるんじゃないかと心配しとるんです」

口にはしなかったが、瑞生のような人間を指しているのはわかった。だが、それに気づかないふりで瑞生は答えた。

「それは大丈夫だと思いますよ。やさしいですけど、芯はしっかりしてますから。言わなきゃいけないことは言える強さはちゃんと持ってます」

「まだ日が浅いのにそんなことがわかるんですか」

「この前ここにお邪魔した帰り、言われたんですよ。私のような、日本美術が好きじゃない人間にはお爺様の大切な掛け軸は任せられないって。普通は濁すところでしょう？　でも誉也くんははっきりそう言いました。結構グサッときましたよ」

ははっと軽快に笑ったつもりが、重苦しいため息がついてきた。川瀬氏はふむ、と口元を引き締めた。

「岩倉さんはやはり美術品がお嫌いですかな」

正直に打ち明けても大丈夫だろうかと不安が胸を掠《かす》めたが、川瀬氏に誉也の面影を見つけて瑞生は口を開いた。

「父の躾が厳しくて。小さい頃から嫌になるほど知識を植えつけられてきましたし、あの人は父親らしいことは一切してくれませんでした。それで大嫌いにならないほうがおかしい」

「親というのは自分の子どもに対して過剰になるものです。あなたもいつか子どもができたらわかる」

「そうですかね」

ふっと瑞生は苦笑した。それなら一生、自分にはわからない。

「じいちゃん、これ使ってよかった？」

重くなった空気を割るように、誉也が盆を持って戻ってきた。盆に載っているのは、青磁《せいじ》の茶器と色鮮やかな絵皿だ。

「あ、色鍋島《いろなべしま》ですね」

パッと見ただけでわかる、赤、黄、緑の特徴的な色使いと、精緻《せいち》な文様。

「さすがですな」

瑞生の審美眼を褒めたあと、川瀬氏は誉也に言った。

「使ってもいいが、合わんだろう」

「そうかな」

色鍋島の上には、瑞生が買ってきたカステラが載っている。大胆な使い方だ。皿なのだから使うのは正しいが、ほいほいと日常で使うには高すぎる代物だ。瑞生ならまず使わない。

「ハレの日でもないのに豪華だね」

「瑞生さんに出すのに、中途半端なものじゃ悪いし」

「そこまで仕事人間じゃないよ。でもいいものを見せてもらえるのは嬉しい。ありがとう」

　そう言って、瑞生はうずうずと皿を手に取って眺めた。大正《たいしょう》以降の作のようだが、絵付けが綺麗で繊細だ。

　カステラが邪魔だな、と眉を寄せると、向かいから噴き出すような笑いが漏れ聴こえた。顔を上げると、誉也が口元を押さえていた。それで、自分があまりに真剣に見入っていたことを知った。

「カステラを食べ終わってからじっくり見ればいいじゃないですか」

「そうするよ」

　エアコンの効いた部屋で玉露を啜りながら、瑞生は昨今の美術品業界についての取り留めのない話をし、三十分もしないうちに川瀬氏が「あとは若者だけで話しなさい」とふたりを置いて部屋を出て行った。

「何か気に障るようなことしたかな」

「気を利かせてくれたんじゃないですか？　自分がいたら俺たちのしたい話ができないから」

「ああ」

　川瀬氏は終始笑顔だったが、まだ完全には瑞生を信用していないのか、少し距離を感じた。一度や二度会っただけで心を開いてくれるとは思っていないが、的場にせっつかれている分、急がないと、という気になってはいた。

「ねえ、誉也くん」

「はい？」

「君のお爺様、例の掛け軸の譲り先、探したりしてる？」

的場の憶測では、川瀬氏自らが直接動くようなことはしないだろうとのことだが、瑞生の側の誰かが情報をリークしたというのも考えにくかった。ならば身内に訊いたほうが早い。

「うーん」と誉也は首を傾げた。「瑞生さん以外で二、三人うちに来たけど」

「それは、川瀬さんが呼んで？」

「多分そうじゃないかなあ。じいちゃん、信用できる人を探してくれって骨董とか絵画に詳しい知り合いに頼んだらしくて、全部その人繋がりで来た人だったはず。瑞生さんも含めて」

「掛け軸を持って鑑定に行ったりは？」

「そんな危ないことしませんよ」

「だよねぇ」

あんな高価なものを持って出歩くなんて、余程の馬鹿じゃないとできないだろう。

「なんでそんなこと訊くんです？」

誉也が訝しげに瑞生を覗き込んだ。その拍子に眼鏡がずれ、レンズ越しではない生身の視線と目が合った。瑞生は女子中学生のようにさっと表情を締め、不自然に視線を逸らすと、玉露を口に含んだ。

「いや、先日部下と鎌倉であいさつ回りをしたときに、古美術商から応挙の噂を聞いて」

「うちの？」

「具体的にどこの誰が所有してるって話ではなかったけど、鎌倉に幻の応挙が出たって噂が立ってた」

「やっぱりうちのことですかね」

「俺は他に知らない」

「どこかから漏れたのか。まあ、でもそうなっても別に問題なくないですか？　買い手が勝手に寄ってきてくれるんだから」

「そういうわけにもいかないよ。高いものがあるとわかれば泥棒だって目をつけるし、詐欺グループにだって狙われるかもしれない。古美術商もいい人ばかりとは限らないからね」

「ああ、そうか」

諫《いさ》めるように声を荒げた瑞生に、叱られた犬のように項垂《うなだ》れて、誉也は座卓に片頬を載せた。そして行儀悪くそのままカステラに手を伸ばし、もぐもぐと頬張る。口が動くたび、カチャカチャと眼鏡が鳴った。

「でも、じゃあ誰がそんな噂を？」

「う―ん、川瀬さんじゃないなら俺以外の筋からって考えるのが妥当だろうけど、貴重な情報を流すなんて、的場さんの知り合いがそんなバカなことをするとも思えないし」

「的場さん？」

ごくり、とカステラを飲み込んだ誉也が訊いた。しまった、と思ったときには遅かった。だが誉也に言ったところで、的場と彼が会うことはないだろうし、そもそも住む世界が違う。ふたりの領域が重なることはまずないだろう。瑞生はまた視線を逸らして玉露を飲んだ。

「俺に川瀬さんを紹介してくれた人だよ。古美術品の世界に詳しくて、たまにそういう情報をやり取りするんだ」

「へえ」

純粋に感心したような声を上げ、誉也が顔を起こした。

「裏の情報、とか？」

「……まあ、一般にはあまり出回らない情報をそう言うなら、そうだね」

「なんか、スパイ映画みたいですね」

かっこいい、と屈託のない顔で言われ、瑞生は笑うしかなかった。情報をもらう代わりに、瑞生の身体を差し出していると知ったら、彼はきっと幻滅する。

「そんないいものでもないよ」

「大変なんですね」

「うん」

大変だと思ったことはなかった。面倒だな、と思うことはあっても、身体を開くのは瑞生にとって苦痛を伴うことではない。むしろこのくらいで貴重な情報をもらえるのなら、と舐め切っていた部分もある。

それなのに、今、誉也に笑顔を向けられて初めて、後ろめたさが湧いた。

ざわっと、胸に仄《ほの》暗いものが溢れてくる。悪い傾向だというのは、誰に指摘されなくてもわかった。

「俺、そろそろお暇しようかな」

「え？　もう？　今日は鎌倉に泊まっていくんじゃなかったんですか」

「ちょっと気になることができたから」

「さっきの話？」

「それも含めて」

誰が応挙の噂を流しているかももちろん気になったが、これ以上ここにいては取り返しのつかないことになりそうだと思ったからだ。

「また来るよ」

瑞生は立ち上がって鞄を手に取った。色鍋島の皿からカステラがなくなっていることに気づいたが、瑞生は見直すこともせず、玄関へ向かう。

「次も、友だちとして会ってくれますか」

瑞生を見送りながら、誉也が訊いた。

「応挙のことは関係なく、俺と友だちでいてくれますか」

うん、と頷く以外に、応えられるわけがなかった。安心したように誉也が笑った。

「また連絡します。土日はいつでも空いてるんで、瑞生さんがよかったら、またご飯行きましょう。それに、革細工も」

「うん。楽しみにしてる。今日はありがとう。話を聴いてくれて」

最後に、泥棒には気をつけて、と念を押し、瑞生は川瀬家をあとにした。

夕飯時になっても、夏の陽射しはまだまだギラついて瑞生の身体をじんわりと焼いていく。

品川駅に着いてから、少し悩んで、瑞生は的場に電話を掛けた。的場と話せば、地に足がつくような気がしたのだ。だが、留守番メッセージが流れてくるばかりで、一向に出る様子はない。忙しくなると言っていたのを思い出し、諦めて自宅に戻ってから、進捗状況をメールで報告した。

的場からメールが返ってきているのに気づいたのは翌朝だった。今夜、指定したホテルに来るようにという指示が書かれていた。忙しい中でわざわざ時間を割いてくれたのだろうか。申し訳ないと思いつつ、瑞生はほっとして会社に行く支度を始めた。

的場に会えば、現実を見られる。淡くぼんやりとした気持ちを、なかったことにできる。瑞生に必要なのは、浮かれた心ではなく、利害の一致だ。

鎌倉ではなく東京周辺の顧客との商談で一日を終え、会社に戻ると、小畑がちょいちょいと瑞生を呼んだ。もう定時は過ぎているんだけどな、と時計をちらりと見遣った瑞生に小畑が「すぐ済む」と肩をすくめた。

しぶしぶ支部長室へ向かうと、今夜会うはずの的場がソファに座って優雅に紅茶を飲んでいた。

「やあミズキ」

「的場さん。わざわざお迎えですか」

「思ったより仕事が早く片付いたんでね」

「この部屋を待ち合わせ場所にしないでいただきたいんですが」

　小畑が笑って苦言を呈す。

「ごめんごめん。小畑くんには迷惑ばかりかけて。今度私のコレクションからとっておきを出してあげるから」

「本当に期待しますからね」

「いいよ。何なら本社に持っていけるようなものにしようか」

　あまりに高額になるものは、一度本社で精査されることになっている。そして鑑定次第では国際的なオークションの場に出される仕組みになっている。冗談ではなく、的場はそのくらい価値のあるものをゴロゴロと所有しているという。総資産が気になるところだが、瑞生は的場の素性について一度も訊ねたことはない。小畑にも詳しくは訊かないように言われていたし、的場も話す気はないようだった。

「小畑くんも一緒に行くかい？」

　的場が訊いた。

「行きたいところですが」と小畑は残念そうに首を振った。「今日は先約があるんです。また今度ぜひ」

嘘だな、と瑞生はすぐに見抜いた。一対一なら大事な得意先だし断るのも憚《はばか》られるからと誘いに乗っただろうが、瑞生がいるなら押しつけられると踏んだのだろう。小畑は的場のネチネチした喋りが苦手だ。

「それは残念。じゃあミズキに楽しませてもらうかな」

意味深にニヤリと笑い、的場が立ち上がる。そして入口に立ちっぱなしだった瑞生の腰に手を遣り、自分のほうへ引き寄せた。

「的場さん、セクハラですよ」と冗談と捉えた小畑が笑った。冗談ではないのだが。

ムスクの香りに噎《む》せそうになりながら、瑞生は的場を押し返した。

「お金取りますよ」

「おや、いくらならいいんだい？」

腰に回された手が、小畑に見えない角度でいやらしく動き、薄い肉を揉むように撫でていく。

ふいに、誉也の顔が頭に浮かんだ。彼が自分に向けたことのない熱に浮かされた顔を勝手に想像し、この手が誉也のものだったらと願った。甘い痺《しび》れに腰が疼いた。だがこれは誉也の手ではない。

瑞生はその手の甲をぎゅっと摘んだ。そこでようやく的場が身体を離した。

「ほどほどにしてくださいね」

にっこり微笑んで、瑞生はくるりと身体を翻すと、扉を開けた。

「ディナーの予約は済んでますか？」

「ああ。とっておきのフレンチを。好きだろう？　こってりしたフォアグラ」

的場の目が細められ、観察するように瑞生を眺める。瑞生はその視線から逃れるように小畑を振り返った。

「じゃあ小畑さん、お疲れ様です」

「ああ、お疲れ。迷惑かけるんじゃないぞ」

「わかってます」

的場の車に乗り込むと、この前見かけた神経質そうな男が今日も運転手としてハンドルを握っていた。

「こんばんは」と瑞生が話し掛けても返事はない。そしてそのまま車が動き出した。無愛想な人だな、と咎めるように的場を見ると、彼ははっと愉快そうに笑った。

「あれには喋るなと言ってあるから、話し掛けても無駄だよ」

「なんでまた」

「私とミズキのあいだに余計なものは入れたくないからね」

的場の手が瑞生の太腿に触れた。外側からだんだんと内側の敏感な部分へ指が伸びていく。あっと上擦った声が漏れた。やばい、と窺うようにルームミラーを見ると、運転手と一瞬目が合った。聴かれたのだと羞恥心に顔が赤くなる。

「的場さん」

制止するよう名前を呼ぶが、的場は一向にやめようとせず、それどころかさらに大胆に指が動き出す。スラックスの上からまだ柔らかい芯を擦られ、それ以上の侵入を拒むように太腿をぎゅっと閉じる。

「脚を開きなさい、ミズキ」

耳元で的場が粘ついた声で命令する。

「嫌です」

「君に拒否権はないよ」

「でも、」

ちらりと運転手に目を遣ると、的場は「ああ」とさして興味もなさそうに言った。

「あれは物と同じだよ。気にすることはない」

「気にしますよ！」

「聴かせてやればいいじゃないか」

穏やかな声とは対照的に、ギリギリと的場の爪が太腿に食い込んでいく。

「ン、んん……っ」

上がりそうになった悲鳴は的場の口の中に飲み込まれて消えていく。生温かい舌が歯列をなぞり、そのおぞましさに首の後ろが冷えていく。

運転席から探るような気配がする。わざとらしい水音が車内に響き、瑞生はもう何も考えたくなくて感覚を遮断するように目を瞑った。目尻からつーっと涙が出たのがわかった。的場の大きな手がそれを拭った。そして、キスが止《や》んだ。

「冗談だよ」

「……っ、冗談にも程があります」

ごめんね、と的場があやすように髪を撫でた。最悪だ、と瑞生は顔を拭って窓の外を眺めるふりで的場を拒絶した。

「ミズキ」

節くれだった指が瑞生の手を取った。それを振り払うことも受け入れることもせず、的場を無視する。的場の機嫌を損なうだとか、これからのことだとか、このときの瑞生はそれらを考える余裕がなくなっていた。

的場を想像以上に受け入れられなくなっていたことに、瑞生は驚いていた。第三者に見られていたことだけが原因ではないのは確かだった。

処女でもないのにキスだけでひどく汚された気がして、そして同時に、その瞬間誉也のことを考えていた。そんな自分が信じられず、そして恥ずかしかった。地に足をつけるどころか、瑞生は的場から飛び立とうとしていた。

いい大人が、まるでまだ何も知らない子どものような恋をしている。

窓に反射した自分の顔が泣きそうに見えて、瑞生はさらに不貞腐れた。

「ミズキ、悪かったよ」

猫撫で声で的場が言う。そろそろ何か応えないと。

だが、億劫《おっくう》だ。喋ることも、これから食事をすることも、セックスをすることも。

仕事のためだとわかっているのに、気が重い。今までこんなに憂鬱だったことはない。早くこの時間が過ぎてくれればいいのに、と瑞生は思った。

そしてため息をついて、その気持ちに蓋をする。瑞生が何を思ったとしても、これからすることに変わりはないし、変えられない。

もうすぐ到着いたします、と運転手が的場に言った。喋るじゃないか、と瑞生はようやく的場のほうを見て、申し訳なさそうに眉尻を下げる彼の肩に頭を預けた。

「食事はまた今度にしませんか」

なるべく色っぽく、息を吐いた。

「それより早くふたりきりになりたい」

ミズキ、と的場が呼んだ。違和感に、苦笑が漏れる。本当の名前を呼ばれるほうが嫌だったはずなのに。

的場が行き先をホテルに変えるよう運転手に告げ、車は来た道を引き返す。瑞生は興奮したふりで的場に凭れかかりながら、そう言えば、彼からもらったスーツをクリーニング店から引き取るのを忘れていた、と冷静にそんなことを考えていた。

結局、ダメだダメだと心にブレーキを掛けようと何度も思ったにもかかわらず、瑞生は誉也と頻繁に連絡を取り合うようになった。

的場に抱かれたあと、身体を洗いながら、その汚れを祓《はら》うために誉也に無性に会いたくなって、そのあとタイミングよく誉也から気遣うようなメールが届き、結果、瑞生は誉也に会うのを止められなかったのだ。

仕事で鎌倉に行くことがあれば夕飯を一緒に食べたり遊んだり、お宅にお邪魔して川瀬氏とも交流を持つようになった。

相変わらず応挙の譲り先は決まっておらず、瑞生も他の交渉と並行しつつ、腰を据えて川瀬氏の信頼を獲得することにした。的場は早くしろとせっつくが、本来的場は瑞生の上司ではないし、情報を与えるだけで交渉に口を挟む権利もなければ必要もないはずだ。どうしてそんなに急《せ》くのかと問えば、的場は口を濁した。

「お昼食べたら、工房、行ってみない？」

たっぷりの小豆が載ったかき氷を頬張っていると、すっかり敬語の取れた誉也が言った。

今日はお互いの休みが合って、朝からだらだらと甘味の食べ歩きをしていた。甘いものはチーズケーキくらいしかこだわらないと言っていたわりに、誉也は甘味処《どころ》をよく知っていた。

「工房？　革細工の？」

瑞生は誉也の腕に巻かれたレザーブレスレットを見ながら訊いた。この前のとはデザインが違っている。三本の色の違う細い革紐が無造作にねじられていて、シルバーの留め具でまとめられている。

「そう。飛び入りの体験も受け付けてるから」

「俺、本当に不器用だよ？」

「気にしなくてもいいよ。俺も手伝うし」

ね、と促すようにテーブルの上に置いた手をぎゅっと握られ、その突然の接触に瑞生の心臓はどくりと跳ねた。誉也のスキンシップは、日を追うごとに増えている。普通の男友だちというのがどの程度触れ合うのか、瑞生は知らない。だが、触れられるのは嫌じゃない。

「ダメ？」と誉也が首を傾げた。

あまりの不器用さに、誉也に笑われないだろうかと不安もあるが、無邪気な笑顔で誘う彼に嫌だと言う勇気もない。瑞生は頷いて、承諾した。

昼食のあと、誉也が案内したのは工房というより会社のようなビルの一角だった。見覚えがあると思えば、誉也の職場のすぐ近くだった。

「こんにちは」

ドアを開けて中に入ると、革の匂いが充満していて、慣れていない瑞生はうっと息を詰めた。だがすぐに鼻が慣れてくる。きょろきょろと中を見渡してみると、アクセサリーの他にも鞄や財布、靴までも展示してあった。人の気配はするが、誰も出てこない。

「作業中みたいだね」

誉也が肩をすくめた。そして勝手知ったる、というふうに奥へ入っていく。

「いいの？」

「いつもこうだから。三浦《みうら》さーん」

間延びした声で誉也が呼ぶと、ようやく返事があった。

「はいはい」

出てきたのは二十代後半くらいの、かわいらしい女の人だった。長いウェーブのかかった茶髪を後ろにまとめて、厚手のカーキ色のエプロンを身に着けている。化粧は特にしていないようだが、肌に艶があって健康そうに見える。

「あ、川瀬さん。こんにちは」

鈴の鳴るような声で誉也の名前を呼び、瑞生はそれに言いようのない暗い気持ちを覚えた。若い女の人に対しては、だいたいいつもこんな感情を抱いてしまう。

誉也の後ろにいた瑞生に気づくと、彼女はびっくりしたような顔で頭を下げた。

「初めまして。副店長の三浦です。うわあ、イケメンですねぇ」

イケメン、という部分については流し、瑞生も頭を下げた。

「こんにちは。誉也くんの友人の岩倉といいます。急にお邪魔してしまってすみません」

「あ、体験希望ですか？」

大きな目をさらに開き、嬉しそうに両手を合わせる。女性らしい仕草に、口の端が歪みそうになる。彼女を誉也がどんな顔で見ているのか、知りたいような、知りたくないような、微妙な気持ちになった。

「今忙しかったですか？」

誉也が訊く。瑞生の位置からは、後頭部しか見えない。だが、声はいつもと変わらない。そのことに少しほっとする。

「いいえ、忙しくはないですよ。実はこっそりティーブレイクしてて。他にお客さんもいないし、手取り足取りじっくり教えられます！」

「女の人でもセクハラになるんですよ」

誉也が言った。

「わかってますよ。それにそもそもそんなことしたら旦那に怒られちゃう」

旦那、という単語に瑞生ははっとして彼女の薬指を見遣った。そこには細いプラチナリングが嵌められていた。知らず知らずのうちに胸に湧きあがっていた彼女への敵対心が、すっと鳴りを潜めた。

我ながら単純だ、と瑞生は苦笑をそのまま外向けの笑顔に変えて彼女に言った。

「不器用なんで、誉也くんの作ってるとこを見学させてもらうだけでいいんですけど」

「ええー。ダメだって。せっかく来たんだから瑞生さんも何か作ろうよ」

誉也が不満を露《あら》わに瑞生の腕を引いた。熱い手のひらが無防備な二の腕に触れ、心臓が震える。こうして肌が触れることは何度もあった。だが、何度あっても慣れることがない。たかが触れただけだろうと自分を叱責しても、瑞生の与《あずか》り知らぬところでガキくさいもうひとりの瑞生が大はしゃぎするのだ。

　恋とはこういうものだったな、と高校の頃に付き合っていた先輩を思い出す。青臭い思い出だ。初めて好きな人と付き合って、抱き合うまでのあの甘酸っぱい雰囲気と高揚感。自分が冷静でないことはわかっているのに止められない感情があるというのは、歳を取っても変わらないんだなあ、と妙に達観した心地になる。

「一番簡単なものなら俺にもできるかな」

　観念して腕を引かれるまま頷くと、誉也の目がレンズの奥で細められた。嬉しそうだ。

　そして三浦に教わりながら、瑞生はストラップを作ることにした。誉也は手馴れたもので、ひとりでさくさくと革を縫ったり叩いたりしている。彼が時折眼鏡を邪魔そうに押し上げるのを横目に見ながら、瑞生は一時間かけてようやくストラップを仕上げた。

　普段美しいものを見慣れている瑞生にとって、その仕上がりは目を逸らしたいほど酷い出来だったが、誉也も三浦も健闘を称《たた》えるように褒めそやしてくれた。

　そして誉也は何を作っていたかというと、毛羽立った赤茶のオイルドヌバックを使ったブックカバーだった。表ではなく、折り返しの部分に羽根模様のカービングが施してある。手縫いのためか、縫い目は均一ではなかったが、根気のいる作業には違いない。

「すごいね。一時間で作れたの？」

「まさか。先週からずっと作ってたんだ。今日は仕上げ」

どうですか、と誉也はブックカバーをじっと見つめていた三浦に訊いた。

「まだまだ縫い目は甘いけど、川瀬さんの気持ちがちゃんと籠もってます。いいものができましたね」

にっこりと微笑んだ彼女を見て、誉也がほっと胸に手を当てた。

「よかった。やり直しって言われたらどうしようかと思った」

「ラッピングの材料はレジのとこにありますよ。好きなの使ってください」

三浦が指差すと、誉也はそそくさとレジへ向かった。

「贈り物だったんですか？」

瑞生が三浦に訊くと、「そうみたいですねぇ」と彼女はにこにこ笑って頷いた。

レジの後ろにある棚の中からちょうどいい箱を探す誉也を見ながら、誰にあげるのだろうと瑞生はそわそわした。わざわざ手作りのものをプレゼントするなんて、余程親しい人なのだろう。少し妬《や》けるな、と考えて、もしかしたら祖父である川瀬氏にあげるのかもしれないと思いついた。それにしてはデザインが若者向けすぎる気もするが、そこは目を瞑らないと瑞生の嫉妬心が納まらない。

やがて、シックなマットブルーの袋を持って誉也が戻ってきた。グリーンのリボンは蝶々《ちょうちょ》結びで、二つ折りのメッセージカードも一緒にくくりつけられていた。誰宛なんだろう、とメッセージカードの中身を気にしていると、「はい」と誉也が袋を瑞生に手渡した。

「え？」

「瑞生さんに」

「俺に？」

信じられない気持ちで受け取って、メッセージカードを開く。

『俺の趣味に付き合ってくれてありがとう。これからもっと仲良くなれますように』

思いがけず綺麗な字でそう書いてあった。

「ありがとう。嬉しい。大事にするよ」

顔が自然と綻んだ。

「ほんとに嬉しい？」

誉也が身を屈めて瑞生を覗き込んだ。

「うん」

「瑞生さんが普段扱ってるものと比べてだいぶ貧相だけど」

「そんなことないよ。俺は好きだよ、このデザイン」

誉也はまたじっと瑞生を見た。

「気に入った？」

本当にそう思っているか、窺うような目だった。なぜそこまで疑うのかと首を傾げると、誉也はようやく安心したように息を吐いた。

「瑞生さん、それが好きってことだと思うよ」

何を言われたか、すぐには解せなかった。一瞬自分の疚《やま》しい気持ちを見抜かれたかとさえ思った。だが、誉也が言っているのはそういうことではないのだと、じわじわと理解した。

「じいちゃんの言ってる〝好き〟はこういう好き、だよ」

誉也は、美術品に対する思いのことを言っているのだ。

袋を持つ手に力が入る。

誉也が誰かにプレゼントすると知ったとき、瑞生は彼の作ったブックカバーが欲しいと思った。他の誰よりも自分が一番大事にするし、誉也の作ったものを傍に置いておきたい。そこに込められた誉也の想いを受け取るのは自分がいい。そう、思った。

――これが、川瀬氏の言う、好きだという気持ち？

少し、違う気もする。誉也が作ったものなら何をもらっても自分は喜ぶと思う。そこに芸術性とか価値とか、そんなものは含まれない。

「少なくとも、嬉しいって本気で思ってくれたよね？」

「うん、それはもちろん」

「じゃあ多分大丈夫だと思うよ。じいちゃんはさ、今の瑞生さんと同じ気持ちで応挙を欲しがってくれる人を見つけてほしいんだと思う」

「同じ気持ち」

「そう」

まだぼんやりとした輪郭だが、今まで瑞生が美術品に対して抱いてこなかった種類の、欲求にも似た気持ち。こういう種類の、好き。

わずかに糸口を見つけた気がした。

「探してみるよ」

瑞生は頷いて、袋を鞄にしまった。

そのときだ。急に三浦が声を上げた。

「もしかして、岩倉さんってオークション会社に勤めてたりします？」

「ああ、はい。そうですけど」

「やっぱり。ランディーズですか？」

「ご存知なんですか？」

一般人にはあまり知られていない会社だ。そもそも、オークション会社というもの自体ほとんどの人が知らない。驚いて三浦を見つめると、「弟が勤めてるんですよ」とあっさり種明かしをした。

「私、旧姓村上っていうんですけど」

あー！　と瑞生ではなく誉也のほうが先に声を上げた。

「瑞生さんの部下じゃないですか？　この前ケーキ屋で会った」

「ああ、村上くんのお姉様でしたか」

言われて見れば、どことなく似てなくもない気がする。だが、見た目で気づけと言われても無理だ。

「あら、上司の方でしたか。うちの愚弟がお世話になってます」

瑞生は名刺を取り出し、三浦に差し出した。

「弟はしっかりやってますか？　口だけは達者なので営業は向いてると思うんですけど、ちょっとチャラチャラしてるから……」

「いえ、そこが長所でもあります。取引先やお得意様には孫みたいだってかわいがられてますよ」

この前一緒に鎌倉を回ったときもそうだった。特に米澤骨董の主人には――と、そこで瑞生はある可能性に思い至って笑みを止めた。そして誉也を振り返る。

「ねえ、誉也くん。君、もしかして応挙の話、三浦さんにしたんじゃないか？」

その質問に、誉也も思い当たる節があったらしい。表情を変えて今度はふたりで三浦を見つめた。

「応挙の話、村上くんにしましたか」

三浦が不穏な気配を察知して、顔を歪ませた。

顛末はこうだ。

まだ価値を知らなかった誉也がぽろっと世間話で応挙の話を三浦に零《こぼ》し、それを聴いた三浦が弟と会ったときに誉也の個人情報はぼかして鎌倉で応挙の譲り先を探している人がいる、と情報提供をした。だが村上は日本画には疎く、ふうん、という程度で聞き流し、誉也同様それにどんな価値があるかも知らないまま上司への報告を怠り、それどころかいつもの口の軽さでうっかり得意先に鎌倉に応挙があるとバラしてしまったというわけだ。しかし米澤の食いつきっぷりに、それがとんでもない価値のあるものだと気づいたときには時すでに遅し。

　米澤や村上が探りを入れるように応挙のことを瑞生に訊いてきたのはそういうことなのだろう。真っ先に上司に報告しなかったどころか、それを隠蔽しようとした村上には、あとできつく言い聞かせておかなければならない。

「川瀬さん、すみません」

　申し訳なさそうに三浦が頭を下げた。

「ああ、いいんですよ。詳細はバレてないんだし、瑞生さんに言われたとおり防犯はばっちりしてますしね。そもそも口を滑らせた俺の責任です。しかも話したことも忘れてるし……」

「三浦さん、今度からそういう情報を手に入れたら村上くんより私にお話しいただくようお願いします。あ、村上くんはもちろんお説教なので、三浦さんに文句がいくかもしれませんが、適当にあしらっといてくださいね」

　冗談交じりに微笑むと、そこでようやく三浦の引き攣った顔が緩んだ。

「そうします」

　とりあえず、瑞生は真相がわかったことで一安心し、工房を出たあと的場に報告のメールを送っておいた。瑞生が文章を打つあいだ、誉也はぼーっと空を見ていた。飼い主が買い物をしているあいだ、店外におとなしく繋がれている犬みたいだった。

　的場とはもう寝たくないな、とその横顔を見て思った。でも瑞生には的場を拒絶する選択肢はない。仕事のため、続けていくしかない。それに、的場と寝るのをやめたところで、誉也とどうこうなるわけではない。もし仮に誉也に恋愛的な意味で好意を持たせることができたとしても、ノンケならばいずれは瑞生から去っていくに違いなかった。

　だからこれは、瑞生の一方的な片想いで、そしてただの自己満足から出るわがままだった。

「ねえ、瑞生さん」

「ん？」

　メールを送り終わり、スマートフォンをしまうと、誉也がすっと手のひらを差し出した。そう言えば工房の体験料を支払っていなかったな、と財布を取り出しかけると、「違うって」と押し留《とど》められた。

「そうじゃなくて、あの、よかったらなんだけど、瑞生さんが作ったストラップ、俺にくれないかな」

「え、でもガタガタだよ？　すっごい素人感丸出しだよ？」

　自分で作っておいてなんだが、あんなもの、タダでやると言われても絶対にいらない。そしてそのとき、誉也が瑞生と初めて会った日、誉也が自分のブレスレットを恥ずかしそうに隠した理由がわかった気がした。自分が作ったものを他人に見られるのはものすごく恥ずかしい。

「かえってその素人感がおしゃれ」

「え、ディスってるの？」

「半々かな」

わざと真剣な顔をつくる誉也の膝裏に蹴りを入れて、瑞生は作ったばかりのストラップを誉也に手渡した。ラッピングもされていない、特別感も何もない初めてのプレゼントだ。

「ありがとう」

誉也が嬉しそうに顔を綻ばせた。瑞生はふっと微笑して下を向き、歩き出した。

「ブックカバー、ありがとね。通勤のとき本読むから、欲しかったんだ」

「うん。どういたしまして」

誉也といると、心臓のあたりがいつもこそばゆい。そわそわして、落ち着かない。恋をしているのがよくわかる。しかも、会って間もないのに、今までしてきたどの恋よりも深く嵌まり込んでいる。好みじゃないと見切りをつけていた分、落ちたときの転がり方は酷いものだった。

「次、どこ行こっか」

「あ、俺、身体動かしたい。ボルダリング行こうよ。瑞生さんやったことある？」

「唐突だなあ。ボルダリングなんてしたことないし、急に言われても今トレーニングウェア持ってないよ」

「貸すよ。いったん家帰ってから行こ。俺んちの近くにあるんだよ」

ね、と促されれば、瑞生は断れない。誉也と長く一緒にいられるなら何でもいい。それにもともと身体を動かすのは嫌いじゃない。

「わかったよ。でもサイズ合わないだろうからズボンは買ってから行く」

「瑞生さんちっちゃいもんね」

「誉也くんがでかすぎるんだよ」

駅前のスポーツ用品店でちょうどいいウェアを買って、ついでにシューズも買った。隣に並んであれがいいこれがいいと用品をチェックする誉也の半袖から覗く逞《たくま》しい二の腕を見て、仕事の忙しさを言い訳に、最近めっきり運動をしていないことに気づいたのだ。誉也と釣り合うには、もう少し身体を鍛えて若々しくいないと、と妙な対抗心が湧いた。

「じゃあ行きますか」

買い物を済ませて、鎌倉駅から電車に乗ろうとしたとき、瑞生のスマートフォンが震えた。メールかと思ったが長いあいだ振動し、瑞生は誉也に断って電話を取った。的場からだった。

『メール見たよ』

「はい。うちの社員がすみませんでした。今後このようなことがないようにしますので」

『うん。まあ、ミズキが謝ることじゃないんだけどね』

「いえ、部下の不手際ですので。調査等々でお手数をおかけしましたし」

『ふうん？　じゃあ今度会ったときたっぷりサービスしてもらおうかな』

ぞわりと背筋が粟《あわ》立った。

「……ええ。お会いするのを楽しみにしています」

電話するからと離れたはずなのに、いつの間にか近くに立っていた誉也と目が合った。嫌だな、と思った。汚い部分を覗かれているようで、いたたまれなくなる。

『今誰かと一緒にいるのかい？』

的場が訊いた。

「ええ。今日はオフなので友人と」

『へえ、それが川瀬誉也か』

「――え？」

ぎょっとして顔を上げ、あたりを見回す。誉也が「どうしたの」と首を傾げた。何でもない、と答えるつもりで視線を上げる。その彼の肩越しに、的場がいるのが見えた。

「的場さん」

やあ、と目を細めて的場が手を振った。柔和な顔をしているが、その実目が笑っていない。

瑞生の視線に気づいて、誉也も振り返る。的場が瑞生から誉也にスコープの照準を合わせるように目線を動かした。にこりと笑って見せた的場に、誉也も頭を下げ返す。

海外製のオーダーメイドスーツに、ギラギラした時計と、崩れそうもないセットされた髪。そして堅気には見えない体軀と、普段は隠しているそのオーラ。誉也は気圧《けお》されたように息を呑んだ。

「あの人が、例の情報をくれるっていう？」

「うん、まあね」

「すごい、裏の人っぽいね」

こっちに来ませんように、という願いも虚《むな》しく、的場がゆっくりと近づいてくる。瑞生は背筋を伸ばしてスイッチを切り替えた。

「こんにちは。まさかこんなところで会うなんて」

偶然なはずがないとわかっていた。あとをつけられていたのだろうか。だが的場がそこまでする理由も思い浮かばない。まさか瑞生が情報をリークした犯人とでも思っていたのだろうか。それはそれでショックだ。

「ミズキ、こちらは？」

知っているだろうに、にこにこしながら誉也の紹介を促した。

「川瀬さんのお孫さんです。誉也くん、こちら、的場さん」

「初めまして。川瀬誉也です。祖父のお知り合いですか」

「ああ、川瀬さんとは直接面識はないけれどね。友人の友人、といったところかな」

ふふふ、と意味深に的場が笑う。

「ところで、応挙の譲り先は決まったかな？」

いきなりその話題に触れられて、瑞生はめまいを覚えた。

「ちょ、的場さん」

抑えようとするものの、的場は頑《がん》として口を閉じない。

「早めに決着をつけるようにミズキに言ってるんだけどね。いつまでもダラダラ遊んでいて一向に仕事を始める気配がなくて困ってるんだよ」

ちらり、と高圧的に顎を上げて瑞生を見下ろす。それで、もう瑞生は何も言えなくなった。

「私はね、川瀬誉也くん。来歴は気にしないけれど、自分の所有物を誰かと共有するのは我慢ならないんだ」

「はい？」

誉也が首を傾げた。その意味がわかったのは、瑞生だけだった。

所有物。つまりは瑞生のことだ。的場は瑞生と誉也がそういう関係なのではと疑っている。それかあるいは、瑞生が誉也に気があるのを見抜いている。

くんっ、と瑞生は的場の袖を引いた。ふるふると首を横に振る瑞生に、的場はやさしく微笑んでみせた。

「ああ、わかってるよミズキ」

意味深なことをこれ以上言われては困る。その想いが伝わったのかと安心したところで、的場は信じられないことを口にした。

「彼とはまだ寝てないんだろう？　浮気してないことくらい抱いたらわかる」

「……っ！」

浮気ってなんだ、そもそも付き合ってすらないじゃないか。的場に私生活をどうこう言われる筋合いはないし、そういう下の事情を他人に話すなんて、デリカシーに欠ける。しかもよりによって誉也にだ。

　ギッと的場を睨《にら》むと、同じだけ強い眼光が飛んできて、瑞生は喉元まで出かかっていた言葉を呑み込んだ。睨むのではなく、何を言っているんだと冗談にして笑い飛ばせばよかった。怖くて誉也のほうを向けない。

　それなのに、的場はまだ喋り続ける。

「というわけなんだ。ミズキは私のものなんだけど、最近君ばかりと遊んでいてね、私とはなかなか会ってくれないからわざわざ迎えにきたんだよ。こんな辺鄙《へんぴ》な田舎街までね」

　ぐるりとあたりを見渡して、ふん、と鼻から息を漏らす。小馬鹿にした態度に誉也が怒るかと思ったが、反論はない。ただ、努めて冷静な声で訊く。

「……ふたりは恋人同士ということですか？」

　どう返したらいいか、わからなかった。違う、と否定したら、的場の機嫌を損ねそうな気もするし、誉也にも付き合っていない人と寝るような軽薄な人間だと思われてしまう。だが、肯定したところで、瑞生にメリットはひとつもない。

「ちょっと違うかな」と的場が言った。「ミズキは私の所有物なんだ。観賞して、愛《め》でて、抱きたいときに抱く。だから他人の手垢《てあか》がつくのは許せなくてね」

「俺は手垢ですか」

「違うのかい？」

しん、と沈黙が落ちた。恐る恐る、瑞生は誉也を見た。彼は見たこともないような冷めた顔を的場に向けていた。

ぎゅううっと吐きそうになるほど胃が締めつけられた。あの視線が、今度は瑞生に向くのだと思うと、とてもじゃないが平静でいられない。

「的場さん」

かすれた声で瑞生は的場を呼んだ。今さらだが、ははっと軽く笑う。

「冗談きついですよ。誉也くんは友だちです。応挙のことは関係なく、友だちなんです。そういうつもりもまったくないし、これ以上彼に迷惑かけないでくれませんか」

「そういうつもり？　ああ、身体で落とすつもりがないってこと？　ミズキならノンケでも骨抜きになりそうだけれどね」

「的場さん」

もう、やめてほしい。笑顔を貼りつけながら、的場の手を引く。

「誉也くんごめんね、今日は俺、帰るよ」

瑞生はそう言って誉也の顔を再び見れないまま駅を出た。的場はどうせ電車など使わないだろう。

案の定、送迎レーンに見覚えのあるセンチュリーが停まっていた。

「いいのかい？　ミズキ」

　車に乗り込むと、的場が訊いた。

「良いも悪いもないでしょう。どうしてあんなこと言ったんですか」

「言ったとおりだよ」

「何か勘違いされているようですけど、彼とはそんなんじゃないし、川瀬さんとの取引が彼と仲良くなることでスムーズになるのは間違いないんです。せっかく川瀬さんとの信頼関係をじっくり深めようと思ってたのに、それをあんな、」

「ねえ、ミズキ」

　必死に誤解を解こうとする瑞生を遮って、的場が顎を取った。伏せていた視線を否応《いやおう》なく上げられ、的場と目が合う。的場は怒っているような、でもそれ以上に悲しげな目をしていた。

「君、川瀬誉也のことが好きだろう」

「な、にを」

「でもいけないよ。彼はノンケだ。調べさせたところ、過去に付き合っていたのは女性ばかり。今は恋人はいないようだけど、あの見た目だ。そのうち彼の容姿を見抜いて彼を好きになる女性が出てくる。そしたら結婚なんてあっという間だ。ノンケなんてそんなものだ。彼は私たちとは違う」

「そんなの」

「本当にわかってるのかい？　彼を想い続けたところで最終的に傷つくのはミズキなんだよ」

子どもに言い聞かせるように言い、珍しく煙草《たばこ》を取り出すと、的場は運転手に車を出すよう言った。滑るようにゆっくりと発進し、鎌倉駅が遠くなる。振り返りたい衝動に駆られたが、的場が空いた手で肩を抱いて引き寄せたので、叶《かな》わなかった。

『今日はごめん。的場さんが失礼なこと言って。あれ全部嘘だから、気にしないで』

アパートに帰り着いたあと、ベッドに倒れ込むようにダイブして、スマートフォンを開いてそう打ち込んだ。だが、結局すべてデリートして、電源をオフにした。

あのあと、的場は頑なに無言を貫いた瑞生をアパートまで送り、謝罪のつもりか茨城《いばらき》の古い地主の連絡先を置いて帰っていった。そこの土蔵にどうやら高そうな美術品が眠っているらしい。話を通しといてやるから行ってこい、と頭を撫でただけで、的場は何もしなかった。

どうしようかな、と瑞生は枕を抱えて目を瞑った。

誉也とはもう、会えないだろう。瑞生がそういう人間だと知られてしまった以上、誉也は少なからず「自分も身体で籠絡しようと狙われていた」と失望しただろうし、警戒されたまま穏やかに過ごせるわけがない。きっとこのまま疎遠になっていくのだろう。

もう、終わったのだ。

的場に言われて、目が覚めた。誉也はノンケで、自分とは違う。

ひとりで悶々《もんもん》と考えているうちに、的場への恨みは薄れていった。むしろ、釘《くぎ》を刺されて良かったのかもしれないとすら思えてきた。そう思わないとやってられないというのが本音だが。

だから、どうしよう、というのは、応挙のことに関してだ。

誉也がもし川瀬氏に瑞生のことを悪く言うようなことがあったら、確実に取引はなくなる。悪く言わなくても、よそよそしさが伝われば川瀬氏の不信は高まるだろう。

だが、それならばいっそ、砕ける覚悟でもう一度川瀬氏に交渉してみるのもありかもしれない。

「はあ……」

ひとりきりの部屋、誰に遠慮するでもない、重いため息が零れた。だんだんとまぶたも重くなってくる。

考えるのに疲れて、瑞生はいつの間にか眠っていた。


憂鬱な朝でも、いつもどおり起きて、仕事に行かなければならない。目覚まし時計のアラームを止め、シャワーを浴びてパンを齧《かじ》る。ニュースを見ながらスーツに着替え、それからメールを確認しようとして、スマートフォンの電源を切りっぱなしにしていたことを思い出した。

電源を入れると、電話着信とメールが何件か来ていて、受信画面をスクロールすると、一番下に誉也の名前があった。瑞生は唇を噛んで、一呼吸置いてからそのメールを開いた。

日付は昨日の夜十時。タイトルは、『おつかれさま』だった。

『今日は革細工に付き合ってくれてありがとう。ストラップ、鞄につけたよ！　あっ、ボルダリング行けなかったから、また今度行こう』

それを読み終わると、瑞生はふっと噴き出した。そして声を出して笑いながら、ぽたぽたと落ちてくる涙を止めることができなかった。

なかったことにされたのだ。

的場のことも、瑞生が男相手に身体を売っているだろうことも。

全部聴かなかったことにされた。

それが誉也の気遣いなのかもしれない。けれど、拒絶されるより、もっとずっと残酷なことだった。

それは無言の線引きだった。自分は単なる友だちだから、瑞生にはこれ以上踏み込まないという、隔たりだった。

いつまでも流れ続ける涙をごまかすように、瑞生は洗面台でバシャバシャと顔を洗った。

そして泣き止む頃、決めた。

もう一度川瀬氏に会って、応挙を自分に任せてくれるようお願いしよう、と。


出社してデスクに着くと、腫れた目を隠すために掛けている眼鏡が珍しいのか、さっそく村上が話し掛けてきた。

「岩倉補佐、眼鏡なんて掛けてましたっけ」

「ちょっとものもらいできちゃって。みっともないから隠してるんだよ」

それより、と瑞生はそのまま村上を別室に連れていった。

「お姉さんから何か聞いた？」

意味深に微笑むと、村上は眉をひそめた。

「なんで岩倉補佐が姉ちゃんのことを？」

「昨日、革細工をやってみてね」

「ああ、工房に行ったんですか。結構面白いですよね、革細工」

それだけ言ってもまだわからないらしい。

「うん。まあ、それでね、興味深いことを聞いたんだけど。……村上くん、お姉さんに何か聞いたんだよね？」

ようやく村上の顔色が変わった。うっと息を詰めて、次の瞬間がばりと頭を下げた。

「すんませんっした！」

「応挙、知らなかったの」

「うう……っ、すんません、完全に勉強不足でした」

「いや、勉強不足とかじゃなくてさ、日本画ってわかったら担当に言うよね、普通は。それなのに報告どころかそれをそのへんの骨董屋に流すとか、君、何年この仕事やってるの？」

「四年っす」

馬鹿正直に答える村上に、はあ、とため息が出る。

「うん。新人じゃないよね。それで、万が一報告を忘れて、それを世間話で漏洩《ろうえい》しちゃったとして、そのあとどう対処するべきだった？」

「……口止め？」

パコンッ、と持っていたバインダーで軽く頭を叩く。本当に、誰だ、村上の教育指導担当は。

「まずは上司に素直に報告、でしょ」

「ああ」

「個人情報が洩《も》れなかったからいいものの、顛末書は書いてもらうから」

「うう……、はい」

神妙な顔で肩を落とす。本気で反省しているようだし、まあ、いいかな、と瑞生は怒った雰囲気を和らげて村上の肩を叩いた。

「次から、気をつけて」

「岩倉補佐ぁ～」

拝むように手を合わせられ、苦笑が漏れる。そして席に戻ろうとしたところで、言い忘れていたことを思い出した。

「あ、でも和泉さんのお説教も待ってるからね」

悲壮な顔に戻った村上の呻き声が、ドアを閉めたあともしばらく聴こえていた。

午前十時。今日は平日だし、今は家に誉也はいないだろう。そう推測して、瑞生は川瀬氏の自宅に電話を掛けた。

『もしもし。川瀬です』

老人の声が聴こえた。川瀬氏だ。

「おはようございます。ランディーズジャパンの岩倉です」

『ああ、おはようございます。今孫は仕事に行ってまして』

「いえ、今日は川瀬さんに用がありまして。応挙のことです」

電話の向こうで川瀬氏が笑った。

『まだ諦めてなかったんですか』

誉也を挟んで川瀬氏とプライベートで親交はあったものの、仕事の話をするのはタブー視していた。だから川瀬氏は瑞生が諦めたものだと思っていたらしい。

「往生際が悪くてすみません。でも、やっぱり気になってしまって。もう一度拝見できませんか」

交渉ももちろんするつもりだ。けれど単純に、あの雪景の双鶴を、瑞生自身が見たかった。

おそらくこれが最後のチャンスになる。

『わかりました。いつでもいらっしゃい』

「ありがとうございます」

相手には見えないとわかっていても、つい頭を下げた。

川瀬氏の自宅に明日の午後伺う約束をして、通話を終えた。そして少し悩んで、続けて的場に電話を掛ける。

忙しい人だから、捉《つか》まらないかもしれない。だが、予想に反して的場はすぐに出た。

『ミズキ？』

「おはようございます。電話、大丈夫でしたか」

『大丈夫じゃなかったら出ないよ』

それもそうだ。瑞生は肩から力を抜いて壁に寄り掛かった。空調の効いた部屋は、壁までひんやりとしている。

「昨日は、すみませんでした。送ってもらったのに、あんな態度で」

『送ったのは私の勝手だ。気にしなくていい。それより、大丈夫かい？』

「的場さん、今夜、会えますか」

質問には答えず、瑞生は訊いた。

『今夜は忙しい』

やっぱり急には無理か、と瑞生が落胆しかけたとき、的場が続けた。

『……が、何とかしよう。夕食は無理だが、十時過ぎからの予定は空けておこう』

「いいんですか？」

『君から会いたいなんて、滅多に聞けないからね』

そうだったっけな、と思い返してみると、確かに、会いたいと本人に言ったことはあまりなかった。

交渉の進捗を電話やメールで報告するくらいで、的場に呼び出されなければ会わなかったし、その必要性も感じていなかった。

　的場が瑞生のことを所有物だと言っていたとおり、この関係はビジネスで、瑞生は的場にとって都合のいい人形に過ぎないのだから。

『ミズキ』

「ありがとうございます。じゃあ、連絡待ってます」

　耳元で、的場の声が響く。その音の甘さに、全身が絡めとられるような錯覚を覚えた。

　電話を切って、眉間を揉む。

「岩倉補佐、ここにいらしたんですか」

　今年入社したばかりの新人が来月開催のオークションカタログを手に嬉しそうに寄ってきた。

「ああ、サンプル刷り上がったんだ」

　受け取って、中身を確認する。パッと見た感じでは、問題はなさそうだった。

「はい。僕が初めて物撮りしたものも載ってるんです！」

　どおりでやけに嬉しそうだったわけだ。瑞生は「どれ？」とカタログを返して訊ねた。

「えっと、ここと、ここと……」

　少し恥ずかしそうに、でも誇らしそうに指を差す彼を、瑞生は懐かしい気持ちで眺めていた。

　入社したての頃、初めて携わったカタログが刷り上がったとき、自分もこんな顔をしていたような気がする。そこには日本美術が好きだとか嫌いだとかではなく、仕事をやり遂げた誇らしさがあった。

……そうだったな、全部が全部、悪い思い出じゃない。

父親と比べられることは多々あったが、それ以外のことのほうがもっとずっと多かった。

小畑は瑞生の仕事をきちんと評価してくれているし、同じ補佐級の和泉も、部下の村上も、美術にうるさい的場だって、岩倉一生ではなく岩倉瑞生個人として評価してくれている。岩倉は仕事ができる、と言ってくれている。

——それは、瑞生さんの努力の賜物でしょ？　嫌いだと思ってても、ちゃんと勉強して、努力したのは瑞生さんでしょ。

誉也にも、そう言われた。

部下が指し示した写真と紹介文を見ながら、瑞生は言った。

「……良い出来だね」

「よく頑張ったね」

満面の笑みで、彼は笑った。どうかその気持ちを、いつまでも持ち続けていてほしい。

そのあと、打ち合わせをしたり見積り予想の資料をまとめたりと慌ただしく一日が過ぎていった。

働きながら、瑞生は自分がこの仕事が嫌いではないという事実を、改めて感じていた。

そして、父が好きだった日本美術を、自分は決して嫌っていない。ただの金儲けの道具だとは、思っていない、と。

素晴らしいものに出会ったときの高揚感。それらに触れたときの感動と戦慄。

嫌いなものに対して、そんなふうに心が動くはずがない。

仕事終わり、オークションに出品される美術品が収納された倉庫に足を踏み入れて、瑞生は大きく息を吸い込んだ。

嫌いじゃない。俺はむしろ――

コンコン、とドアを叩く音がして、振り返ると、小畑が立っていた。

「的場さんから電話。お前、デスクに携帯置きっぱなしだったぞ」

「ああ、はい。掛け直します」

「何してたんだ？」

「ちょっとした確認です」

「不備でもあったか？」

「いえ、自分はちゃんと美術品に対して誠意を持っているか、っていう」

「誠意？」

訝しげに小畑が眉を寄せた。

「何言ってんだ。うちにお前以上に誠意持ってるやつなんていないよ」

パンッ、と背中を叩かれ、デスクに戻るよう促される。瑞生は歩きながら、小畑に訊いた。

「私は、きちんと美術品にとって、良い仕事ができているでしょうか」

「なんだか、今日は変なことを訊くなぁ」

　微苦笑で小畑が答えた。

「お前が好きなことやってんだから、そんなの当たり前だろう」

　きょとんと首を傾げた瑞生に、小畑も首を傾げた。

「違うのか？」

　そうか。そう見えていたのか。やはり、小畑にも。

「いえ、違いません」

　瑞生は笑い出しそうになるのを堪えて、席に戻ると的場に電話を掛け直した。待ち合わせ場所を告げられ、午後九時、会社を出て先にひとりでホテルのバーカウンターでお酒を飲んだ。いつもより少し、お酒が美味しく感じられた。

「なんだ、今日は眼鏡なんだね、ミズキ」

　十時少し前、的場がやってきて、瑞生の隣に座った。バーテンダーにスコッチを頼んで、瑞生のミックスナッツを勝手に摘む。

「眼鏡も似合ってるね」

「ありがとうございます。忙しいのに、急にすみません」

「構わないよ」

　飄々《ひょうひょう》としているが、横顔に疲れが見えた。熊のように分厚い体軀も、少し痩せたようだ。

「ご飯、食べてます？」

瑞生が訊くと、珍しいものでも見るように的場が目を瞬かせた。

「どうしたんだい？　ミズキがそんなことを訊くなんて」

「いえ、ちょっと痩せたように見えたので」

「昨日今日じゃいきなり変わらないよ」

昨日会ったときは、しっかりと的場を観察していたわけではない。だがそれを言うのは野暮だろう。

「ちゃんと食べてくださいね。体力ないと困りますから」

「ミズキこそ」

カウンターの下で、的場の手が膝に載せられた。給仕されたスコッチを飲みながら、追加のナッツをちびちびと食べる的場に、瑞生は言った。

「明日、川瀬さんに会ってきます」

「川瀬誉也も同伴で？」

「いえ、いないうちに」

「……あれから、彼とは何か話した？」

メールの内容を思い出し、瑞生は首を振った。あのメールには返信していない。かと言って、再びメールが来ることもなかった。

「的場さんには感謝しています。私は勘違いをするところでした。彼は私たちとは違う。仕事に私情を挟むべきではなかった」

「やっぱり、好きだったんだね」

「好ましくは思ってました。でも、ただそれだけです」

それだけだったと、思いたい。まだ、本気になる一歩手前だったと。そしたら瑞生は傷つかずに済むし、諦めるのも簡単だ。

的場がスコッチを飲み干して立ち上がった。

「行こうか」

どこに、と訊かずともわかる。

「はい」

瑞生も残りのカクテルを一気に呷《あお》り、立ち上がった。ひどいめまいがした。

その日、的場はいつもよりやさしく瑞生を抱いた。まるで慰めるように唇を啄《ついば》んで、慈しむように髪を撫でた。甘やかされている気がして、ひどく居心地が悪かった。


午後一時、暑さのピークを迎えた住宅街を歩きながら、瑞生は川瀬氏をどう切り崩そうか考えていた。

今日が最後になる。最後にすると決めている。

オークション形式ではなく、川瀬氏と一緒に買い取りたいという候補者と面談し、その人柄や売却価格も含めて、双方納得した場合のみ交渉成立という形式にすること、誠心誠意、その候補者を探すということ。

瑞生の提示する条件を、川瀬氏は呑んでくれるだろうか。

不安を抱きつつ、竹垣に囲まれた門扉に辿り着く。インターフォンを押すと、門を開けて入ってくるよう言われた。そして入った先の玄関で、川瀬氏が待っていた。

「こんにちは。今日はお時間を取っていただきありがとうございます」

「お上がんなさい」

あいさつもそこそこに、川瀬氏が促した。瑞生は靴を脱いでいつもの客間に向かう川瀬氏を追った。

部屋に入るとすでに冷茶が用意してあって、向かい合って腰を下ろした。

川瀬氏の手元には、例の掛け軸の収納された木箱がある。あの中に、瑞生を魅了した双鶴が潜んでいるのだ。再びまみえることに、胸が震えた。

「私も何度かお会いしていますが、岩倉さんのことは、誉也からよく聞いています」

いきなり出た誉也の名前に、瑞生は口の端が歪みそうになるのを堪えて頷いた。

「ええ。誉也さんにはよく遊んでいただいてます」

「最近、誉也は応挙をあなたに任せたいと言うようになりました。友人になってあなたの人柄を知って、あなたは心底美術品が好きな人なのだと。だから、任せてもきっと大丈夫、良い人に巡り合わせてくれるよ、と」

「ありがたい言葉です」

本当に。瑞生さえも気づいていなかった瑞生の本心を、誉也が見抜いて暴いてくれた。抑圧し、閉じ込めていた心を、誉也が解放してくれた。

頑張ってきたのは瑞生自身だ。父親の影にいつまでも怯えたり、卑屈になったりしなくていい、堂々と胸を張ってもいいのだと、教えてくれたのは誉也だった。

「誉也は、少しやさしすぎるところがありますからな。身内の贔屓目《ひいきめ》かもしれませんが、あの子は人が好い」

「そうですね。やさしい人です。それにいい笑い方をする。愛されて育ってきたと一目でわかる笑顔です」

ふっと困ったように川瀬氏が笑った。

「そういう世辞はいいんですよ」

「お世辞のつもりはありませんよ」

「まあとにかく。誉也はやさしいから、あなたの術中に嵌まってそんなことを言い出したのかと思っていました」

「まさか。以前も言いましたが、誉也くんはきちんと芯のある方です。頭もいい。そうそう騙されるタイプじゃない」

「思っていた、と過去形で言ったでしょう」

そこで、川瀬氏は手元の箱を瑞生のほうに押し遣って開けるよう言った。

「好きなだけ眺めなさい」

瑞生はそっと箱を開け、綺麗に巻かれた掛け軸を、ゆっくりと紐解いた。

冷ややかな雪景色と、首を寄せ合う二羽の鶴。

二度目なのに、感嘆のため息が漏れた。何時間でも眺めていられる。

雪にすべての音が呑み込まれ、凜《りん》とした鶴だけが、そこに命を宿している。

澄み渡るような静寂が、すっと瑞生の心に忍び入った。

「……先日、誉也くんに手作りのブックカバーをもらったんです」

思いがけず、瑞生はそんなことを口走っていた。川瀬氏が応挙から目を上げた。ちりちりとした視線を感じながら、瑞生は続けた。

「美しいものをたくさん見てきた私からすれば、そのブックカバーは決して出来がいいとは言えません。芸術の域ではない素人作品です」

眼前の双鶴が、こちらをじっと見つめている気がした。

瑞生さん、と頭の中で誉也が名前を呼んだ。思い出すのは、いつも目尻にしわを溜めて笑っている誉也だ。

「でも、とても嬉しかった。一生大事にしようって、思いました」

瑞生にとって、芸術は価値をつけるもの。

所有欲があるわけじゃない。手に入れたいと思っているわけじゃない。

瑞生がその芸術に触れるのは、持ち主から次の持ち主へ渡るときの、ほんの一瞬だ。だから、その価値はわかっても、自分は美術品を好きじゃないのだと思っていた。好きだという気持ちは、理解しなくてもいいと思っていた。

だが、誉也と会って、瑞生は変わった。

——俺は日本美術が好きだ。

思った以上に自分はこの仕事が好きだと気づいた。憎んでいた父のことでさえ、理解しはじめていた。

好きだという気持ちを理解しなくても、仕事はできる。だが、好きだと思って仕事に向かうと、景色が変わった。重くのしかかっていた劣等感が、凝っていた気持ちが、春を告げる雪融けのようにゆっくりと流れ出し、和らいでいく。

応挙から顔を上げる。こちらを見つめていた川瀬氏と目が合った。

「……そういう、気持ちなんですよね。大事にしたいっていうのは。好きだっていうのは」

「ええ」

川瀬氏の目尻が下がった。あ、と瑞生は目を見開いた。

誉也と同じ、目尻のしわ。心からたくさん笑ってきた人特有の、幸せの証《あかし》。

「川瀬さん。私に譲り先を探させてください。オークションじゃなく、川瀬さんが譲ってもいいと思った方と交渉できるように、私が場を整えます。双方が納得できるように、尽力します」

畳の上で、瑞生は丁寧に頭を下げた。

これでダメなら、しょうがない。信頼を獲得できなかったのは瑞生の力不足だ。

「岩倉さん」

川瀬氏が頭を上げるよう言った。

「初めてうちに来たとき、私はあなたとお父様とを比べてがっかりしたと言いましたな」

「はい」

そして、追い返された。瑞生には任せられない、と。

「あなたからは、ギラギラした雰囲気というか、野心的な匂いがしたものでね。言い方は悪いが、きっと金のことしか頭にないような人なんだと、そう思ったんです。いくらやり手でも、そんな人に大事なものを任せられない」

「確かに、値段のことばかりを考えていたというのは否定しません。それが美術品にとって一番だと思っていましたから」

「今は？　何か変わりましたか」

「今でも、価値がわかる人に譲ったほうがいいという自分の信念は変わりません。ですが、誉也くんが教えてくれたんです。私は、岩倉瑞生は日本美術が好きなのだと。それを堂々と言ってもいいのだと。だから、私は私が正しいと思ったやり方で美術品を守っていきます。この信念が間違っているとは思わない。好きなものを、大事に思うからこそ、一番良いと思う取引を行う手助けをする。私ができるのはほんの一瞬の橋渡し程度ですが、そうだとしても、私が関わったものは末永く後世に残ってほしい。後世に残すことが、私の美術品への愛情です」

「しかし、それじゃあ私は納得しない」

川瀬氏が問うように片眉を上げた。

ただ引き継がれるだけでは、美術品としての意味はない。人々の目に留まり、愛されなければ意味がない。

川瀬氏がそう批難しているのが、わかった。それを理解できたことが、瑞生は嬉しかった。

「もちろんです。愛情には種類がある。私と川瀬さんとのあいだに齟齬《そご》があるのは仕方がありません。そして今回の交渉のメインは川瀬さんのお気持ちです。管理するだけの裕福さと知識を持っている人、というのが私の望む唯一の条件で、美術品への愛というのを重視していませんでした。それで特に問題もなかったですし、でも今は、美術品を好きな人がいいという川瀬さんのお気持ちもわかるようになったと思います。だから、今回の交渉ではそのふたつを絶対条件にしたいと思っています」

川瀬氏は、慈しむように応挙の双鶴図を眺め、血管の浮いた老人の手で裂地《きれじ》を撫でた。

「今の岩倉さんなら、わかるでしょうね。愛があるかどうか」

「だといいのですが。至らない点は、川瀬さんに埋めてもらえればと思います。一緒に探しましょう。この掛け軸を大事にしてくれる人を」

「素直でよろしい」

川瀬氏が大仰に頷いたのを見て、瑞生もようやく肩の力を抜いて笑った。

『応挙、瑞生さんに任せることになったってじいちゃんから聞いた！　おめでとう』

その日の夜、誉也からメールが来た。迷った末、『ありがとう。頑張ってお爺様に気に入ってもらえるような人を探すよ』と返信した。

どういうつもりなのか、少し訊いてみたい気もする。でも、ごまかすような、取り繕ったような誉也の顔を見るのは嫌だ。

瑞生が的場に身体を売っていることを知って、それでも友人関係を崩そうとしないのは、誉也が瑞生を傷つけないようにするためだろうというのはわかる。

だが本当のところ、瑞生と距離を置きたいと思ってはいないだろうか。

鎌倉駅で誉也が的場に向けた冷たい視線を、今度は瑞生が浴びせられることになるかもしれない。

はあ、と恐怖を身体から逃がそうとため息をついたところで、着信音が鳴りだした。タイミングがタイミングだっただけに、誉也かと思いきや、電話の相手は母親だった。

「もしもし？」

『あ、瑞生。今お仕事中？』

「違うけど、何？」

母の声を聴くのは久しぶりだ。年に一回、正月に顔を合わせるくらいで、瑞生は実家に寄りつかないようにしていた。

昔と比べて声に張りがなくなったな、と老いはじめた母を思って、切なくなった。

少し前まで、母からの電話は瑞生にとって鬱陶しいものでしかなかった。

今は、違う。

父のことを理解しはじめて、その隣にいた母のことも、瑞生は違う視点で見はじめるようになっていた。

『もうじきお父さんの命日でしょう？　今年はどうするの？』

毎年、瑞生は理由をつけて墓参りに行っていない。それをわかっていても、母は毎年訊いてくる。

――こんなこともわからないのか、瑞生！

激昂《げっこう》する父を思い出して、苦笑が漏れた。小学生相手に、本気で怒るなんて、今考えれば父は相当子どもっぽい人だったんだな、と思う。

『何笑ってるのよ』

訝しげに母が訊いた。

「いや、ちょっと昔の父さんを思い出して。あの人、ほんと、笑っちゃうくらい不器用だったよなって」

電話の向こうで、母が声を詰まらせた。

「今年は、帰るよ。一緒に墓参り行こう。母さん」

『……ええ。待ってる。瑞生の好きなもの作って待ってるわ』

「うん」

気恥ずかしさに、お互い無言になる。そろそろ切ろうかと思ったとき、ふと思い出した。

「あ、ねえ、まだあのケーキ屋、ある？」

『ケーキ屋さん？　グランパ？　まだあるわよ。息子さんが跡を継いだのよ』

ああ、そうだ。そんな名前だった。

堆く積もったマロンクリーム。ふわふわのスポンジ。真ん中に入ったホイップクリーム。嬉しそうな母の顔。繋いだ手のひらの温かさ。

助けてはくれなかったけれど、母は決して瑞生のことがどうでもよかったわけじゃなかった。

舌に懐かしいモンブランの味が蘇った。

「モンブラン、食べたいな」

『瑞生、好きだったわよね、あそこのモンブラン』

「うん」

『買っておくわ。そろそろ出てる頃だから』

「うん」

ゆっくりと、また雪が融けていく。

誉也のいない平日の日中を狙って、瑞生はまた川瀬氏に会いに鎌倉へ向かった。もう九月も終わろうとしていたが、異常気象のせいか長引く残暑に秋の気配はなく、気温もまだまだ高いままだ。日本画好きのコレクター数人と、それから応挙を集めているという地方の美術館に、瑞生は声を掛けていた。

美術館を候補の中に入れたのは、川瀬氏の意向に沿うような気がしたからだ。

美術館や博物館というのは、芸術や遺産の保護、それらを文化・教育として広めていくという重要な役割を担っているが、それだけでは経営が成り立たない厳しい現実がある。新しいものと古いものを入れ替え、集客につながる目玉を常に探し続けなければならないのだ。

そのため、少なくない頻度で美術館はオークションに参加していたりする。改修工事のための費用を捻出するために美術品を出品したり、次の展示のメインを手に入れるために落札側に回ったりする。

もちろん、予算には限りがあるので、お目当てのものをゲットするのはなかなかに酷なことだが、今回の川瀬氏とのやり取りでは、美術館側がむしろ有利かもしれない。

少なくとも、川瀬氏の言う、「美術品が愛される」点に置いては、美術館は打ってつけだ。多くの人の目に留まり、愛されるのは間違いない。金額の上乗せは無理かもしれないが、それ以上の価値があると川瀬氏が判断すれば可能性は十分にある。

「こんにちは」

インターフォンを押すと、玄関から川瀬氏が顔を覗かせた。入るよう手招きされ、瑞生はいつものように門扉を開けてアプローチを歩く。

川瀬氏は瑞生の隣にいるふたりの人物を見て、愛想良くお辞儀をした。ふたりもまた、丁寧に頭を下げた。

「初めまして、館長の相川《あいかわ》と、こちらは学芸部長の向井《むかい》です。今日はよろしくお願いします」

今日は、件の美術館と川瀬氏の面談の日だった。応挙を外に出すわけにはいかないので、相手側が川瀬氏の自宅を訪問する形を取っている。

数日前は、個人収集家のひとりと面談をした。川瀬氏は終始笑顔だったが、瑞生とふたりきりになった途端、微妙な顔になった。気に入らなかったらしい。

客間に招き入れ、川瀬氏がお茶を用意しようとしたのを制し、本題に入る。

改めてお互い自己紹介をしたあと、さっそく応挙の掛け軸がお披露目された。雪景の中の双鶴を見たふたりは、大きく息を吸い込んで、口を噤んだ。

「丸山応挙の、おそらく晩期の作です」

瑞生が言った。自分だけの査定では信憑《しんぴょう》性がないだろうと、瑞生は最初にこの絵を査定した的場のお抱えの鑑定士の言質《げんち》も取っていた。

「私は、日本画が専門なのですが、ここまで素晴らしい応挙の絵を見たのは初めてです」

学芸部長の向井がうっとりした声で言った。

「しかもこんなに間近に。夢のようです」

そうだろうそうだろう、と心の中で頷きながら、瑞生は川瀬氏と美術館員とのやり取りを見守った。

二時間ほど話し込んで、解散となる頃には、川瀬氏とふたりはすっかり意気投合していた。特に日本画の論文を書いているという向井とは話が合ったようで、応挙のことだけでなく江戸から近代までの日本画家について延々と語り合っていた。川瀬氏も今回は間違いなく心の底から楽しそうだった。

どうでしたか、とふたりを見送ったあとに訊ねると、うんうん、と二度頷いて川瀬氏は口元を綻ばせた。

正直、買取価格は候補者の中で一番低い。あまりお金を出せないということも、申告済みだ。だがそれでも、川瀬氏は応挙の作を多くの人に見てもらえるということに、想像以上に興味を持ったようだった。

これはもう決まりかな、と瑞生は残りの取引相手に申し訳ないと思いつつ、交渉の目処《めど》が立ちそうなことにほっとした。

残りの候補者との面談の予定もとりあえず立てているので、消化試合になるだろうが最後まで付き合ってくれるようお願いして、瑞生も川瀬宅をあとにしようと暇を告げる。

「では、また三日後に」

だがそこで、玄関の開く音がして、「ただいまー」という誉也の声が聴こえてきた。

えっと、時計を確認したが、まだ午後四時を回ったところだ。まさかこんな時間に帰ってくるとは思わなかった。

　どうしよう、と心臓が走り出す。

　あの日以来、誉也には会っていない。会わないようにしていた。メールはたまに来ていたが、特に続けるような話題もなく、一、二回の往復で途切れていた。

　誉也に会うのが怖い。

　間を空けずすぐに会っていたら、あるいはこれほどまでに恐怖を覚えなかったかもしれない。だが、繰り返し繰り返し悪い想像ばかりをしていた瑞生は、突然のことに心構えも何もできず、ただぽかんと客間に立ち竦《すく》んでいた。

「岩倉さん？」

　川瀬氏が不思議そうに瑞生を覗き込んだ。そこへ、誉也が入ってくる。

「あ、瑞生さん、久しぶり」

　あまりに普通に話し掛けてきた誉也に、瑞生は瞠目《どうもく》した。

　ダサい眼鏡にもっさりとした髪型は相変わらずで、見た目に頓着がない。だが、そんな姿でも、きゅうっと胸が引き絞られる。力を入れないと顔が歪みそうになる。

　やっぱり、好きだ。嫌われたくない。会えなくなるのも嫌だ。

　喚きだしそうになるのを抑えて、瑞生は目一杯口角を引き上げた。

「……久しぶり。早いね。仕事は？」

「時間休もらって早めに上がらせてもらったんだ」

「そっか。お疲れさま」

それ以上、言葉が出てこなかった。誉也も多分同じだろう。変な空気になる前に帰ろうと、瑞生は川瀬氏を振り返った。

「私はこれで。またよろしくお願いします」

「せっかくだから夕飯食べていきなよ」

誉也が言った。再度誉也を振り返ると、彼はすでに瑞生に背を向けて部屋を出て行こうとしていた。

「着替えてくる」

タンッと襖《ふすま》が閉まり、誉也が見えなくなった。

「え……？」

呆然《ぼうぜん》としている瑞生に、「そうしなさい」と川瀬氏も言う。そして少し逡巡《しゅんじゅん》してから、「喧嘩《けんか》しとるんでしょう？」と苦笑した。

「あれがね、ここ最近元気がないんですよ。どうしたのかと思って理由を訊いても言わないし、だけど岩倉さんがうちにまた商談に来るって教えたら、目の色変えていつ何時からだと訊いてきましてねえ。だから、ああ、これは原因は岩倉さんかな、と。でもまあ、この前は仕事が終わらず間に合わんかったようですけど、今日は帰ってこられて一安心です」

——俺と会うためにわざわざ早く……？

だとしたら、誉也は瑞生に話があるのだろう。真相を確かめようと、的場のことを訊かれるかもしれない。

迷いが顔に出る。川瀬氏が、「このあとまだ仕事がありますかな」と残念そうに肩を落とした。

「いえ、」

言いかけて、しまったと思った。あると言っておけば帰れたのに。

「じゃあふたりでゆっくり話しなさい。私は久しぶりに外食することにしよう」

「お気遣いいただいてすみません」

川瀬氏の手前、ここで逃げるわけにもいかなくなってしまった。

「誉也が戻るまでここでお待ちなさい」

川瀬氏に案内されて、客間から居間に移る。台所と続いていて、開け放たれた襖から調理台が丸見えだったが、古めかしくはあれど、整理整頓されていて清潔感があった。

よその家の生活感のあるスペースに入ると、心を許されている気になるのは自分だけだろうか。客として、というより、身内のような扱いに近くなっている気がする。それだけ親しみを感じてもらえているということは、本来喜ぶべきことなのかもしれない。だが今は、嬉しさより申し訳なさのほうが先に立つ。

瑞生は心を許してもらうような人間ではないのだ。男であるにもかかわらず、川瀬氏の大事な孫の誉也のことが好きなのだから。

「いつもは誉也くんが料理を？」

川瀬氏が居間の衝立《ついたて》に掛けてあった薄地のジャケットを羽織るのを眺めながら、沈黙を埋めようと、瑞生は口を開いた。

「ええ。小さいときからばあさんに教わってたんでね、日本食ならひととおり作れるんですわ」

「すごいですね。私なんか、包丁もまともに握れません」

「私もですよ」

川瀬氏が笑い、山高帽をかぶったところで、Ｔシャツに着替えた誉也が戻ってきた。瑞生の姿を見て、ほっとした顔をした。

「よかった。いた」

「……うん。ご馳走になります」

ぎこちなくお辞儀をすると、誉也からハンガーを渡され、そこにジャケットとネクタイを掛ける。

「じゃあ私は碁会所の面子と呑みにいくから」と川瀬氏が言い残し、居間を出て行くのを見送って、ふたりきりになった途端、張りつめた空気が部屋を満たした。いつもはうるさい蝉の声が、このときばかりは鳴りを潜めて、クーラーの稼働音がやけに耳につく。

「まだまだ夏が終わらないね。鎌倉は都心より少し涼しい気がするけど」

無言になるのが怖くて、瑞生は笑いながらそう言った。

「瑞生さん、何が食べたい？」

誉也が訊いた。

「生野菜」と答えると、「料理名で答えてよ」と笑われた。

「じゃあサラダ」

「言い換えただけじゃんか」

「料理名ですー」

語尾を跳ね上げ、ふざけた口調で返すと、ふっと一笑したあと、誉也は急に真剣な顔をした。

「あのさ」

「ん？」

なるべく引っ張られないように軽く訊き返す。だが誉也はそれを許してはくれなかった。

「この前のことだけど」

そう切り出され、冷房の風とは違う要因で、首筋がさっと冷たくなっていく。嫌な予感が当たってしまった。

聴かなかったことにしたんじゃなかったのか。今さら、どうして。

「的場さん、だっけ。あの人が言ってたこと、本当？」

「冗談だよ」

はっと鼻で笑いながら、瑞生は答えた。誉也がじっと瑞生を見つめた。咄嗟《とっさ》に瑞生は視線を逸らした。

「……冗談、ってことにしといてよ。お互いのためにもさ」

的場と寝るのは、ビジネスだ。お互いがそれに納得しているのだから、誰かに文句を言われる筋合いはない。後ろめたさもない。そう、思っていた。

だけど、好きな人には知られたくなかった。

もちろん誉也には関係のないことだ。ただ一方的に好きなだけで、恋人ではない。

ただ、瑞生に残った無垢な部分が、恋愛に夢を見ている少年のような純白さが、醜さを見られたような気がして、深く傷ついて泣いている。

「瑞生さん、嫌じゃないの」

　嫌ではなかったはずだった。でも誉也と会ってから、少しずつそれが狂いはじめていた。前は耐えられていた的場の熱に、不快さを感じはじめていた。

「仕事だから」

「仕事？」

「うん。的場さんと寝て、裏の情報をもらって、それで俺はのし上がってきた。誉也くん、俺に言ってくれたよね。俺がこのポジションにいるのは、俺自身の努力の賜物だって。でも本当は、あの人に身体を売った結果なんだよ。……がっかりしたでしょ」

　せめて傷ついているのを悟られないようにするのが、瑞生のプライドだった。仕事としてずっと身体を売ってきたことを、今さら否定できないし、したくはない。だから軽薄に見えるように、瑞生は精一杯笑顔をつくった。泣きそうだった。つらかった。でも、泣いたところでどうにかなるものでもないとわかっているのだ。

誉也が、ぐっと唇を引き結んだ。

的場に向けたあの冷酷な眼差《まなざ》しが、とうとう自分にも向けられる。瑞生はそれを覚悟して、こぶしを握った。

だが、

「……そんなふうに、思ってない」

苦しそうに吐き出したのは、誉也のほうだった。

「そんなふうに思ってないよ、俺は」

「誉也くん」

「俺は……っ、瑞生さんがそんなことをしてるって知って、確かにショックだったけど、だからって瑞生さんを嫌いになるとか、そんなのは絶対にない。瑞生さんの努力も、否定したりしない。あの人とそういう取引するのは、いけないことだと思うけど、でもそれだって全部頑張ってるってことでしょ？」

「……っ」

瑞生はぐっと奥歯を噛みしめて、上を向いた。下を向いたら、溢れてしまいそうだった。

まさか、そんなふうに言われるとは思わなかった。誉也が理解してくれるとは、思わなかった。心臓が潰れそうなほど、痛い。

「つらいとか、嫌とか思ってるのに、笑って平気そうな顔しないでよ。俺、瑞生さんには心の底から笑っていてほしい。だって、俺……、俺は、」

顔を真っ赤にして、誉也がその先を紡ごうとする。それを見て、瑞生は悟ってしまった。

誉也の気持ちは、もう完全に自分に向いている。友愛ではなく、その垣根を越えて、恋情に育ってしまっている。ここで瑞生が自分もだと言えば、めでたく恋人同士になれるのかもしれない。

だが、そうなるにはあまりにも、誉也は純粋すぎた。彼のことを考えれば考えるほど、瑞生は自分が彼といてはいけないと思い知らされる。距離を詰められるほどに、怖くなる。

こんな自分を慕ってくれる誉也の人の好さと、誉也をかわいがり、幸せを願う川瀬氏の存在。

一方で、瑞生はと言えば、誉也を利用しようと近づいて、思惑どおりに好意を持たせることに成功した狡猾《こうかつ》な男だ。たとえ今の気持ちがどうであろうと、打算で近づいた過去は変えられない。

「心配してくれて、ありがとう」

泣くのを堪えて、顔をくしゃくしゃにしながら、瑞生は誉也の言葉を遮った。やさしい人間だからこそ、誉也にはこれ以上自分にのめり込んでほしくない。まっとうに、生きてほしい。

「でも、本当に大丈夫だから」

誉也に心配されるのは嬉しいが、今、彼に甘えてしまったら、瑞生はきっと立ち直れない。一瞬でも希望を抱いてしまったら、的場とさえ寝られなくなってしまう。

ここでばっさりと誉也を突き放すのが正解だ。

そう答えを出し、瑞生はさらに軽薄そうに笑みを深めた。

「俺はね、誉也くん。身体を売るのは仕事だと割り切ってるし、もっと上にいくためなら誰にだって股を開くよ。もちろん、利があれば君にだって」

わざと下品な物言いで、吐き捨てた。思ったとおり、誉也は傷ついた顔をした。それに追い打ちをかけるように、瑞生はさらに続けた。

「なんなら本当は君が俺を好きになるように遠回しに誘惑してたくらいだ。君、ときどき俺のことをうっとりした目で見てたから、ノンケだけど簡単に落とせそうだなって思ってたくらいだし。将を射んと欲すれば先ず馬を射よってね。まあ、お爺様に認めてもらったから、その必要もなくなったわけだけど。……まさか、本気で俺のこと好きになっちゃったあとだったかな。だったらごめんね」

はっとしたように、誉也の目が見開かれる。

「……俺は、馬ですか」

「下に鹿のつくね」

誉也の目に、くっきりとショックの色が見て取れた。これでもう、誉也との関係は完全に終わりだろう。

はあ、と重いため息をついて、瑞生は掛けたばかりのジャケットとネクタイを再び手に取った。

「夕飯一緒に食べる気分じゃないよね。俺、もう帰るから。川瀬さんによろしく伝えておいて」

そう言って踵《きびす》を返した瑞生の手を、誉也が引いた。

「……俺は、」

まだ何か言いたげな誉也の手に、瑞生はそっと自分の手を重ねた。今までに、過剰なスキンシップで何度も手を握られたことがあるから、彼の体温は知っている。しかしこれが最後になるのだ。そう思うと、猛烈に惜しい気がした。

どうせもう軽蔑されているのだから、と胸の裡《うち》で欲望がむくむくと頭をもたげるのがわかった。

このまま会えなくなるのなら、一回くらい抱かれた思い出があってもいいんじゃないか。それくらいなら、神様だって罰を与えないだろう、とそんなふうに甘い悪魔の囁きが耳の中で反響する。

顔を上げて誉也を見つめると、彼からも何か期待するような空気が漏れ出ている気がした。

「もう会うこともないだろうから、餞別《せんべつ》に一回くらい寝てみる？」

瑞生が訊くと、誉也はあからさまにたじろいで、だが瑞生を掴む手を離そうとはしなかった。これなら本当にいけるかもしれない、と瑞生はぐいっと誉也の身体を自分のほうへと引き寄せた。

分厚い眼鏡を取り払い、前髪を上げる。

「瑞生さん……？」

現れた彼の整った顔に、瑞生はしばし見惚れた。顔も性格も、何もかもが瑞生の好みだ。これで好きになるなというほうが無理がある。しかし、だからこそ無理なのだ。

「誉也くん」

一度くらいならいいだろうと、ありったけの甘さを込めて、瑞生は彼の名前を呼んだ。雰囲気の変わった瑞生に彼が怯《ひる》んだ隙を狙うように、瑞生は彼の唇を奪った。

「ン……」

固く閉ざされた唇をこじ開けて、瑞生の舌が彼の内側に潜り込む。驚いた誉也が、びくりと身を引いて、そのままふたりはもつれ合うように畳に倒れ込んだ。誉也を押し倒す格好になり、瑞生は自重で彼を拘束して、思うまま唇を貪った。仕事中にでも飲んでいたのか、彼の唇からはほのかに苦いコーヒーの味がした。

瑞生のキスに応える素振りはなかったが、その代わり拒絶もされない。それどころか、彼の下半身は興奮の兆しを示しはじめていて、もつれ合った瑞生の太腿に硬いそれが当たっていた。

自分に性的興奮を抱いてくれていることに、瑞生は言いようのない安堵感を覚え、同じだけの罪悪感に苛《さいな》まれた。だがこのまま押し切れば、本当に抱いてもらえるかもしれない。最後の思い出として彼の温《ぬく》もりを味わえるかもしれない。

と、瑞生が性急に彼の膨らみに手を伸ばしたときだった。

「やっぱり、俺は軽い気持ちで誰かを抱くなんてできないよ」

とんっと胸を押され、そこで初めて接触が拒まれた。唇が離れ、見下ろした誉也の顔は、ひどく歪んでいた。

失敗した。

誉也が瑞生を肯定してくれたとき、ありがとうで済ませておけばいい思い出で終わることもできたのに、瑞生は選択を間違えたのだ、とそこで気づいた。

遅い。もう何もかも。

いつだってそうだ、と瑞生はきゅっと唇の裏を噛んだ。

父親のことだって、もう少し早く瑞生が気づいていれば、死ぬ前に歩み寄れたかもしれない。的場との関係だって、もしかしたら寝なくてもどうにかなっていたのかもしれない。そうしたら誉也と会ったときだって、何のしがらみもなく恋愛できたかもしれない。

走馬灯のように人生を振り返り、後悔ばかりだな、と思わず瑞生は失笑した。

「……あっそ。じゃあこれでさよならだね」

ざっくりと胸を切りつけられたような心地で、だが平静さを保ったまま別れを告げる。身体を起こし、出て行こうとする瑞生を、誉也が「待って」と引き留めるが、立ち止まって振り返れば平気そうなふりをしているのがばれてしまう気がして、瑞生は振り向けなかった。

そしてちょうどタイミングよくスマートフォンが震える。プライベートで瑞生に電話を掛けてくる人はいないため、おそらく職場か顧客からだろう。

ちらりと画面を見ると、何の因果か的場だった。

「的場さん？」

誉也が訊いた。

「そうみたいだね」

瑞生は答えた。

「出ないの？」

かちんときて、瑞生は振り返らないまま挑発的に言った。

「ここで出ていいなら出るけど」

「出ないでほしい」

出ないの、と自分が訊いたくせに、はっきりと誉也が不快を示す。

「できるなら今後一切」

「そんなことできるわけないじゃない」

呆れたように肩をすくめる。誉也は不貞腐れた声を瑞生の背中に投げつけた。

「やめろよ、そういうの」

「君には関係ない」

「確かにそうかもだけど。瑞生さんがそういうことしてるの、嫌だ」

「子どもじゃあるまいし」

「瑞生さんには、自分を大事にしてほしい」

残酷だな、と思った。別に、大事にしてなかったわけじゃない。それでいいと思ってやってきたことだ。だが、誉也にそう言われたことで、瑞生の過去が全部卑しいものになる。

「操を立てる恋人がいるわけじゃないし、不特定多数の人とこういうことをしているわけじゃない」

「でも」

「関係ないって言ったでしょ。俺を抱きもしないのに、口を挟まないで」

瑞生は吐き捨てて、そのまま通話ボタンを押す。

「もしもし？」

『やあ。今どこにいる？』

「鎌倉です」

『ああ、ご老人のところか。話はまとまりそうかい？』

「ええ。おかげさまで。決まりそうです」

『それは良かった。今夜、時間はある？　面白いバーを見つけてね、ミズキと行きたいんだけど、どうかな』

「七時頃までには行けると思います」

時計を確かめていると、ふいに誉也がその腕を掴んだ。

「行くな」

顔を上げると、嫌悪感を露わにした誉也が、瑞生を見下ろしていた。

「行くなよ」ともう一度誉也が言った。

『川瀬誉也と一緒なのか』

声が聴こえたらしい。的場が唸るように言った。

『ミズキ、彼は駄目だよ。わかるだろう？』

「わかって、ます」

「瑞生さん」

『七時に、品川駅で。必ず来るんだよ、ミズキ』

念を押すように言って、電話が切れた。

「行く気？」

「行くよ」

瑞生が手を振りほどくと、はあ、と大きなため息をついて、誉也が髪の毛を掻きむしった。かんしゃくを起こした子どものように顔を歪ませている彼に、瑞生は訊いた。

「友だちだからって、仕事にまで口を出す理由にはならないでしょ？」

そのときだ。弾かれたように誉也が叫んだ。

「……っ、俺が嫌なんだよ！　友だちだなんて思ってないって気づいてるくせに！」

誉也の怒声を、初めて聴いた。普段聴かない分、真剣さが伝わってくる。

「俺は、瑞生さんのことが好きだよ。だからあの人のところに行かせたくない」

好き、の言葉が、傷ついてぱっくりと開いた胸に、まっすぐに飛び込んでくる。冗談ではなく、からかってもいない。本気の〝好き〟だった。

気づいているだけで何も言わないのと、はっきりと言葉にされるのとでは、雲泥の差があるのだと、痺れるような歓喜を感じながら、瑞生は思った。

だが、喜んだとしても、受け入れるかどうかは別の話だ。

「……すぐに冷める微熱のようなものだよ、それは」

もともと女のほうが好きな誉也には、瑞生はいずれ重荷になる。物珍しい種類の人間に、一時的に熱を上げているに過ぎない。そんな一過性の熱を、瑞生はバカ正直に信じるわけにはいかない。

「まだ会ってたった数ヶ月だ。そんな君に俺の何がわかるって言うの？」

「それは瑞生さんにも言えることでしょ」

「騙されてたくせに」

「騙されたなんて思ってない」

きっぱりと誉也が言った。

「一緒にいたときの瑞生さん、楽しそうだったし、全部が全部嘘だったとは思えない。もし俺の気持ちが迷惑で、遠回しに断ろうとしてるなら、はっきり言ってほしい。そしたら……」

「諦める？」

瑞生が訊くと、誉也は少し悩んで、首肯した。

「無理強いはしたくないしね。ストーカーにもなりたくない。それこそ嫌われる。でも、もし少しでも瑞生さんにその気があるなら、もっと頑張るから、俺にチャンスを与えてほしい」

必死な様子の誉也に、気持ちが揺れる。

「ゲイじゃないって、会ったばかりの頃に聞いたけど」

確かめるように瑞生は訊いた。

「それは、確かに今までは女の人としか付き合ったことがなかったけど、こんなふうに追いかけたいって思ったの、瑞生さんが初めてだよ。俺、もう瑞生さんじゃないとダメだ」

「俺を抱けもしないのに？」

「抱けないんじゃなくて、抱かないんだよ。言ったでしょ。軽い気持ちでは抱きたくないって。それに、反応はしてたの、わかってたくせに。我慢したんだ、あのまま抱きたかったけど」

「……っ」

「でも今のままで関係を持ったら、瑞生さん、そのままいなくなっちゃいそうだったから」

よくわかっている。一度きりのつもりで、提案したことだ。だが誉也は勘違いをしている。抱いても抱かなくても、ふたりの関係は今日限りだ。ここを去れば、もう永遠に交わることはない。

「何が不安？　俺がゲイじゃないこと？　いつかやっぱり女の人がいいって逃げると思ってる？」

誉也が訊いた。

「それもある」

「じゃあいらない心配だね。俺は瑞生さんを性別で好きになったわけじゃない。今までの誰よりも好きだっていう自信もある。他には？」

どうやら誉也は瑞生の反論をすべて潰したいらしい。

「恋人をつくれば、的場さんと仕事ができなくなる」

「ランディーズの仕事って、絶対に的場さんに頼らないといけないものなの？」

「それは……、」

的場以外からも、情報はもらえる。だが、一番太いパイプはやはり的場だ。的場という情報源を失えば、仕事には確実に支障が出る。

と、そこまで考えて、瑞生はおかしくなって笑みを零した。

「瑞生さん？」

訝しげに、誉也が眉を寄せた。

こんな場面でも、瑞生は仕事を最優先に考えている。的場を失うのが惜しいと思ってしまっている。

この時点で、やはり自分には恋愛などにかまける資格はないのだと、改めて理解してしまった。

「……そうだね。無理だ。的場さんなしで仕事は回らない。今のパフォーマンスを下げたくないしね」

ちらりと腕時計を見る。約束の七時にはそろそろここを出ないといけない。

「瑞生さん。行かないで」

誉也が縋《すが》るように手を伸ばしてきた。

行きたくない。この手を取りたい。瑞生は強くそう思った。

――わかってるね、ミズキ。

だが、やはり、「俺も好きだ」と簡単に手を取るわけにはいかない。いざ願っていたことが起こっても、現実が頭を過る程度には、瑞生は大人になりすぎていた。

「ごめん」

瑞生は頭を深く下げた。せめて最後くらいは誠実に誉也に向き合いたかった。この数ヶ月、彼と共に過ごした瑞生は、嘘ではなかったと伝わるように。

「誉也くんの気持ちは嬉しいけど、これは俺の仕事なんだ。中途半端に放り出したりできない。的場さんにはお世話になってるから、不義理はできない」

的場も、瑞生を認めてくれる人のひとりだ。身体の関係があったとしても、信頼を築いてきたことに変わりはない。

「瑞生さん」

「でも、」

がばりと顔を上げる。

「本当に本当に、嬉しかった」

俺も好き、とは言えない。言ったらこの場から動けなくなる。

「これだけ教えて」

誉也が覗き込むように身を屈めた。

「瑞生さん、俺のこと、ちょっとは好き？」

「ずるい訊き方」

「うん。俺、結構ずるい。で、ちょっとは好き？」

うん、と瑞生が頷くと、そのまま唇を攫《さら》われた。

ちゅ、と触れるだけの軽いキス。

足が竦みそうだった。セメントか何かで固められたみたいに、動かなくなりそうだった。

だが、瑞生はそれでも動かなければならなかった。

「……じゃあ、また」

誉也に背を向けて、玄関に向かって歩き出す。

「瑞生さん、俺、待ってるから。瑞生さんじゃなきゃダメって言ったの、本気だから」

返事はしなかった。振り返りもしなかった。晩夏の夜の虫たちが、瑞生の代わりにわんわん泣いている。

電車に乗り込んで、陽が傾きはじめた街を見ていると、ふいに窓に自分が映る。その唇をそっとなぞった。誉也の唇の感触を繰り返し思い出しているうちに、いつの間にか品川駅に着いていた。

まだ六時半にもなっていなかったが、品川駅に着いた、と的場に連絡すると、見慣れたセンチュリーがすぐにロータリーを回ってきた。後部座席に素早く乗り込む。

「ちゃんと帰ってきたね」

ごつごつした的場の指が、瑞生の手を包んだ。

「ええ。約束しましたから」

運転席を見ると、またあの神経質そうな男が座っていた。

「こんばんは。お世話になります」

あいさつすると、今日は「よろしくお願いします」と返ってきた。的場を見ると、苦笑して肩をすくめた。

「大人気《おとなげ》ないことはもうしないよ」

それから的場が勧めるコンセプトバーへ行き、カクテルを二杯飲んだあと、いつものように的場にホテルへ誘われた。

覚悟してきたことだ。

瑞生は頷いて、彼の手に指を絡ませた。

東京の夜景を見下ろせる部屋で、的場が一枚一枚、瑞生の服を剝いでいく。胸を吸われ、首筋を吸われ、そして唇へと的場のキスが落ちてくる。

誉也のキスが、上書きされる。

ぎゅっと目を瞑ってそのときを待った。だが、いつまで経っても、唇には何も触れてこなかった。

「そんな顔しないでくれ、ミズキ」

ふっと苦笑が聴こえ、目を開けると、的場が悲しそうな顔で瑞生を見下ろしていた。

「私は、無理強いしたいわけじゃない」

的場が瑞生の目尻を拭った。知らない間に、泣いていたらしい。

的場が瑞生の上から退《ど》き、ベッドの縁に腰を下ろした。歳のわりにしっかりと鍛えられた身体を丸めて、的場がため息をついた。

「私はね、ミズキ。どうでもいいやつにプレゼントを贈ったりしないし、抱いたりしない」

「的場さん……？」

「彼は、なんて？」

「え？」

「あのあと、彼と話をしたんだろう？」

黙り込んだ瑞生に、的場は何か察するところがあったのかもしれない。もう一度大きくため息をついて、立ち上がった。

「……紹介するんじゃなかったな」

忌々しげな舌打ちが聴こえた。それで、やっとわかった。的場の気持ちが。

嫉妬していたのだ。彼は、誉也に。そして、所有物だなんだと言いながら、瑞生のことを愛していた。

「もうやめよう、ミズキ」

「でも」

「安心しなさい。情報提供は今までどおりしてあげるよ。気に入っているのは身体だけじゃないからね。別の形で報酬をもらおう」

はは、と笑った声には力がなく、的場でもこんなふうになるんだな、と驚きが胸を打った。だが、掛ける言葉が見つからない。

「……悪いが今日はもう帰ってくれるかい？」

背中を向けたまま、的場が言った。瑞生は言われたとおり服を着て、部屋を出た。扉を閉める前に、深く深く、お辞儀をした。

残りの候補者との面談も終え、予想どおり川瀬氏は美術館を選んだ。

応挙の未発表作が発見されたと一部の関係者のなかでたちまち噂が広がり、警備のため契約を済ませたあとすぐに双鶴図は美術館へ移されることとなった。来年には、応挙を含めた日本画絵師の展覧会を開く予定だという。

長引いた夏も終わり、父の命日に実家に帰ったりしているうちに仕事に追われ、気づけばもう冬の匂いがする十二月になっていた。

先週、大規模な国内オークションも無事成功し、年の瀬に向けて事務処理が多くなる時期になった。的場とは、あれ以来寝ていない。

顔を合わせることはたまにあったが、小畑を挟んで食事をしたり、会社でお茶を飲んだりするくらいだった。

的場はまるで最初から何もなかったようにふるまった。そしてそれが彼のプライドなのだろうと、瑞生もそれに従った。

誉也のほうはと言えば、会っていない。思いがけず的場との関係が清算され、今の瑞生は誰に束縛されることもなく、自由だ。だから誉也の告白を受けても何の問題もないはずなのだが、誉也より仕事を選んだ後ろめたさに、たまに来るメールに返信する勇気も、もちろん会う決心もつかなかった。

この案件が終わったら、この交渉がうまくいったら、と先延ばしにしているうちに機会を失った、と言ったほうが正しいかもしれない。鎌倉までたった一時間の距離なのに、それがひどく遠く感じる。

誉也はまだ好きでいてくれてるのかな、と怖くもあった。勢いで告白したようなものだったから、あのあと後悔したかもしれないし、気持ちも冷めているかもしれない。でも誉也はやさしいから、きっとそんなことはおくびにも出さないのだろう――などと、恋をするとネガティヴなことばかり考えるのは、瑞生の悪い癖だ。

「おや、ミズキ。そのブックカバーは手作りかい？」

会社の応接室で、小畑を交えて的場と仕事の話をしている最中、資料を取るため鞄を漁《あさ》った瑞生に的場が訊いた。どうやら隙間から鞄の中身が見えたらしい。

「ええ」と瑞生が頷くと、的場が手を差し出してきた。

「見ても？」

「いいですよ。素人が作ったものだし、使い込んでいるので、的場さんのお眼鏡には適《かな》わないと思いますが」

すっかり手に馴染んだオイルドヌバックの革は、もういくつも細かい傷がついていて、くたくただ。大事に使っているつもりだったが、たった数ヶ月で随分とくたびれてしまった。それを的場に渡すと、しばらく眺めてから、彼は感心したように頷いて言った。

「素人製とはいっても、ミズキが持つとなかなかにオツだね。この模様、鳳凰の羽根だろう？」

「え？」

的場に言われ、もう何度も眺めたブックカバーを凝視する。

羽弁《うべん》の先端に、丸い模様が入っている羽根のデザインは、てっきり孔雀《くじゃく》だと思っていた。だが、的場が指摘したように、鳳凰と言われたら鳳凰の羽根にも見える。

しかしそれのどこがオツだと言うのだろう。瑞生が首を傾げると、的場はブックカバーを瑞生に返して、やれやれ、と呆れたように首を振った。

「ミズキもまだまだだな。日本画のスペシャリストだというのに、思い当たらないのかい？」

そこでようやく、あっと瑞生は声を上げた。

「鳳凰……、瑞獣——……私の瑞の字」

——だってほら、瑞の字って、玉のことでしょ？　中国とかで王様とか偉い人が持ってる宝石とか。違いましたっけ？

ふいに、誉也の声が耳に響いた。

大嫌いだった自分の名前を、会ったばかりの誉也に褒められたことを思い出す。叱られているようで下の名前を呼ばれるのが苦手だったはずなのに、そんなふうに言ってくれたから、誉也に呼ばれるのは嫌じゃなかった。そして誉也は、そのやり取りを覚えていてくれたのだろう。だから瑞生にプレゼントするブックカバーのモチーフに、鳳凰の羽根を選んだ。

——だから、宝石みたいに輝いて生きろっていう名前ですよね。

仕事中だというのに、うっかり泣きそうになる。

くしゃりと顔を歪めた瑞生に、的場が驚いたように眉を上げた。そしてすぐ、理由を悟ったのか、「大事にしなさい」と眩しそうに目を細めた。

会いたい。誉也に会いたい。

「……あの、的場さん。私の名前、本当はミズキじゃなくて、タマキって読むんです」

「えっ、そうだったの？」

驚いた声を上げたのは、所長の小畑のほうだった。一方の的場は、ふっとおかしそうに笑って、「知ってたよ」とつぶやいた。

「知っててわざと呼んでたんだ」

何もなかったふりを続けていた的場が、切なそうに顔をしかめた。そしてため息をついたあと、瑞生に向き直って、訊いた。

「川瀬誉也とはあれから会っていないのか」

その質問に、瑞生は苦笑を返すほかなかった。

「お茶、お替わり持ってきますね」と小畑が空気を読んで席を立った。何の話か興味はあるだろうに、節度を守って適切な行動を取れるという美点も、小畑をここの所長たらしめる所以だ。

　小畑が出て行ってから、的場はソファにゆっくり凭れかかると、再び口を開いた。

「ミズキ、君はもう私の所有物じゃあないんだよ。好きにすればいい。まあ、あの美しさを磨こうともしないもっさりした男は気に入らないが、未だに君にそんな顔をさせているくらいだ。顔以外にも私にはわからない良いところがあるんだろう」

「的場さんだって素敵なところはいっぱいありますよ」

「世辞はいい。好きな相手にとって魅力的じゃないなら無意味なことだ。いくら財力があっても、靡《なび》かない人間は最後まで靡かないんだ。残念なことにね」

　はっと自嘲気味に笑って、的場は指に嵌めた金の指輪を手持ち無沙汰に触った。

「……それで、もう川瀬誉也とは会わないのか？」

　振った相手に打ち明けていいものかと少し迷ったが、瑞生は的場に甘えることにした。むしろ恋愛相談することで、的場の未練も断ち切れるかもしれないと思ったのもある。

「連絡は、たまに来るんです。でも、返信する機会を失ってしまって。もう誉也くんも俺のことどうでもいいとか思ってるんじゃないかとか、もともとノンケだし、このままフェードアウトするのが彼にとっていいんじゃないか、とかぐるぐる考えてしまって」

瑞生がそう言うと、的場ははっと鼻で笑った。

「本当に忘れたいなら、そのブックカバーだって捨てればいい。だが、それができないうちは悩んでいるだけ無駄なんじゃないか」

そしてばっさりと瑞生の悩みを無駄だと切り捨てた。

「それもそうですね」

瑞生だって、それは、わかっている。未練たらたらで悩んでいても、何も変わらない。諦めるなら諦めるで誉也にまつわるものをすべて周りから削除してしまえばいいし、希望を持てるなら、誉也にもう一度、今度は本当の気持ちを伝えてみればいい。

けれど。

「大人になるって面倒ですね。昔は何も考えずに人と付き合ったりしてたのに、今は付き合ったその先を考えてしまって、踏み出すのに勇気がいる」

自分は彼を幸せにできるのか。その責任を取れるのか。ノンケなのだから、瑞生を早く忘れて、女性と結婚して家庭を築くのが最善なんじゃないか——。そんなふうに憂慮して、自由なはずなのに、動けなくなる。

言ったきり項垂れた瑞生を眺めて、的場は小さくかぶりを振った。

「ふたり揃って意外と臆病なんだな」

「ふたり？」

「いや、なんでもない。……そろそろ仕事の話に戻ろうか」

的場が言うと、タイミングよく小畑がノックをして戻ってきた。

「お茶にしようと思ったんですけど、また同じなのもなって思って、コーヒーにしました。的場さん、ブラックでしたよね」

ふわりと部屋に舞ったコーヒーの匂いに、瑞生は気持ちを切り替える。

「それで、次のオークションの目玉商品についてですが……」


金曜日、部下が帰ったのを確認して、瑞生も帰り支度を始める。窓の施錠をチェックしていると、街の灯《あか》りがクリスマスカラーになっているのに気がついた。忙しさに追われ、すっかり忘れていたが、今日はクリスマスイヴだ。

クリスマスか、とつぶやいて、額をひんやりとした窓につける。

ここ数年は、クリスマスになると的場がいつもより豪華な食事に誘ってくれていた。今年から、それももうない。

誉也を誘いたかったな、とぼんやり思ったが、どの面《つら》下げて、という自嘲めいた笑いがあとから零れた。結局、的場に相談したあとも、踏ん切りがつかないまま、まただらだらと三週間が過ぎてしまっていた。

「成長しないな、俺も」

自嘲気味にははっと笑って、ブラインドを下げようとしたところで、視界の端で何かが動いた。気になって手を止め、外を眺めてみると、ビルの下で誰かが手を振っているのが見えた。

さっぱりとした茶色の髪に、紺色のトレンチコートを身にまとったその人は、どうやら瑞生に向かって手を振っているようだった。

あんな知り合いはいないはずだけどな、と目を凝らして眺め、顔が認識できた途端、「あっ！」と瑞生は驚きの声を上げた。慌ててブラインドを下げ、電気を消して鍵を掛け、弾かれたように外に飛び出す。

この数ヶ月、あれだけ悶々と悩んでいたのが嘘のように、身体が勝手に動いた。

——夢じゃないよな？　でも、どうして……。

ビルから息を切らして出てきた瑞生を見て、「慌てすぎ」とその人が笑った。

「どうしたの、その格好」

整わない息のまま、瑞生は訊いた。

照れくさそうに、首の後ろに手を当てて、訊き返された。

「似合ってる？」

瑞生はまじまじと目の前に立っている人を見つめた。

雑誌の中から飛び出してきたような、さわやかな雰囲気の好青年。厚ぼったいフレームの眼鏡は、細いシルバーフレームに変わり、手入れもしていなかったもっさりとした黒髪は、ばっさり切られてマロンベージュになっていた。服装も、無難で地味なものから、流行を追いかけつつ落ち着いた大人の色気を匂わせるようなセンスで、はっきり言ってしまえば、瑞生の理想をそのまま具現化したような仕上がりだった。

「……やっぱり、俺の審美眼は正しかったね」

「かっこいい？」

「かっこいいよ」

褒められて、彼――誉也が笑った。

「久しぶり」

「うん」

数ヶ月会っていないだけなのに、誉也は随分変わった。だが、根本的なところは以前のままだ。目尻にしわを溜めて、愛《いと》おしそうに瑞生を見つめる。その笑顔に、瑞生の不安が杞憂《きゆう》だったとわかった。

「せっかくのクリスマスだから、瑞生さんとディナーでもと思って」

「それでわざわざここまで？」

瑞生の問いに、誉也がふいっと通りの奥を顎で指し示した。見覚えのある車が、走り去っていくところだった。

「あ……」

粋なサプライズだ。こんなクリスマスプレゼントを用意しているなんて。

「そんなだらしない格好じゃ、ミズキには釣り合わない、ミズキに恥をかかせるな、相応《ふさわ》しい男になれって。ついこの前偶然会って、指南してもらうことになって。俺、かっこよくなろうって、人生で初めてがんばったよ」

「なるほど」

どうりで好きなコーディネートだったわけだ。

「それに、もう少し強引さも持てって言われた」

「強引さ？」

「うん。瑞生さんは俺がノンケだからとか予防線を張ってるけど、結局は自分が傷つきたくないから言い訳してるだけだって。俺の気持ち、ちゃんと理解してないから逃げるんだ。だから引くのは得策じゃない、押すのが正解だって。待ってるだけじゃダメだって、それで気づいた」

「それは……」

反論ができなかった。図星だったのだとそれでわかった。確かに瑞生は、誉也を言い訳にして自分の気持ちを伝えようとはしなかった。実際に目の前にいる誉也がどうしたいかなんて、彼の気持ちを考えもしていなかった。

「俺は、瑞生さんが好きだよ。この先の未来も含めて、全部瑞生さんを独占したいって思ってるくらい、瑞生さんが好きだ。だから安心して俺を好きになってほしい」

まっすぐに瑞生を見つめて、誉也が言う。

本当に、信じてもいいのだろうか。ここにきてまだ瑞生が逡巡していると、誉也はふっと一度肩の力を抜いた。

「なんか、あの人、悔しいけど思ったより悪い人じゃなかったね」

「いい人だよ」

瑞生は車の走り去った方向を向いて、微笑んだ。

「聞いたよ。あの人と取引するの、やめたんだって？」

「うん。でも、まだ付き合いはあるよ。ご飯奢ってもらったり」

駅に向かって、瑞生は歩き出す。隣に、誉也が並んだ。

「なんで？」

「だって、仕事の情報は、」

「なんでやめたの？」

期待するような、懇願のような眼差しで見つめられる。

瑞生が的場と寝るのをやめた理由。

そんなの、わかりきっている。

窓の外に誉也を見つけた途端、瑞生は走り出していた。無意識に誉也を求めて、だからもう、瑞生の気持ちは決まっているのだ。あとは自分に、それを許すだけ。

いつか傷つくことになったとしても、踏み出さなければ何も、始まりすらしないのだ。

「好きな人ができたから」

しっかりとした口調で瑞生が言うと、誉也は「誰？」と重ねて訊いた。わかっているだろうに、それでも必死な様子が、少し面白い。瑞生は笑って答えた。

「誉也くんに決まってる」

そのあとはもう、坂を転がるように事が進んだ。

明日は土曜日。仕事は休みで、予定もない。

誉也が予約していた店ではクリスマスディナーを食べながら、会えなかった時間を埋めるように喋り続け、食事を終えたあとはそれが当たり前のように瑞生のアパートに向かった。

ふたりはもう大人だ。愛情を確かめ合ったふたりに、遠慮はいらない。

玄関のドアを閉めて一秒。誉也が瑞生の身体をぎゅっと抱きしめた。

「瑞生さん、好きだよ」

耳元で囁かれ、溶けるかと思った。ぎゅうぎゅうとさらに強く抱きしめられ、瑞生もそっと誉也の背中に手を回した。嬉しくて、泣きそうだ。

やがて、腕の力が緩み、今度は両手が頬を包んだ。雄くさい端正な顔が、瑞生を見つめた。

今日からこれは、自分のものだ。

ちゅ、とあの日のように唇が奪われた。だが、今回は一度きりでは終わらない。何度も何度も啄《ついば》まれ、だんだんと深く絡みついていく。呼吸を奪うように舌を吸われ、お互いが腰を押しつけ合うようにゆらゆらと動き出す。誉也のそこが硬くなっていることに、瑞生はほっとした。

「ベッド、行こ」

靴を脱いで誉也の手を引いた。寝室に案内し、もう一度キスをして、瑞生は「準備してくる」とシャワーを浴びにいく。

中を洗うだけに留めて、すぐに部屋に戻ると、そわそわと緊張しているかと思ったら、誉也は気が抜けるほど嬉しそうな顔で待っていた。どうしたんだと訊けば、瑞生の鞄を指差して、言った。

「あれ、俺があげたやつだよね」

鞄に目を遣ると、開いた口から革製のブックカバーが覗いていた。瑞生の瑞の字、瑞獣の鳳凰の羽根。それを知ってから、瑞生はますますそのブックカバーに愛着が湧いた。

「ああ、うん。毎日使ってる」

「見ていい？」

「うん。結構くたくたになっちゃってるけど」

「それでいいんだよ」

誉也が表面を撫でながら頷いた。

もらった当初、毛羽立っていた革はすっかり滑らかになり、細かい傷もいくつもついている。パッと見同じものだとわからないくらいだ。

「このオイルドヌバックはね、経年劣化が早いんだ。それで、すぐに使ってる人の手に馴染むようになる」

「そうだったんだ。大事に扱ってるつもりなのにそんなふうになっちゃって、ちょっと申し訳なかったんだけど」

「大事に使ってくれたからこそ、こうなるんだよ。良い色合いになった」

満足げな誉也の隣に腰かけると、ギシッとベッドが鳴った。その音に、はっとして誉也が顔を上げた。

「俺もシャワー借りていい？」

「いいよ、誉也くんはそのままで」

甘えるように肩に凭れかかると、パジャマ代わりにいつも着ている長袖Tシャツに、誉也の指が潜り込む。ゆっくりと押し倒され、またキスが降ってくる。

「大事にする」

キスの合間に、そんなことを言われた。

「うん、俺も」

瑞生も頷き返す。キスだけではもどかしくて、膨らんだ欲望に手を伸ばす。ジッパーを下げ、下着の上から形を確かめるようになぞる。うっと切なげな声を上げた誉也に、じわじわと嬉しさが滲んだ。

好きな人が、自分の身体に反応してくれるのが、嬉しい。自分の手で、感じてくれるのが、嬉しい。

お返しとばかりに、誉也が瑞生の服をたくし上げ、瑞生の膨らみのない胸に舌を這《は》わせた。誉也に触れられると、ピリピリとした電流のような刺激が身体を駆け抜ける。

「服、邪魔だ」

瑞生の服を引き抜いて、誉也も自ら服を脱いだ。

スポーツをしている気配はなかったのに、彼の身体は逞しかった。初めて会ったとき、Tシャツから出た二の腕に見惚れたのを思い出す。あのときから、瑞生は彼に惹かれていた。性格が好みじゃないなんて言い訳しつつも、蓋を開けてみれば今では彼の何もかもが好きだ。

「眼鏡は？」

誉也の端正な顔を隠さない眼鏡に変わったとは言え、深いキスをするときはさすがに邪魔になる。

瑞生の問いに、誉也は眼鏡を外してサイドボードに置いた。

レンズ一枚通さない、誉也の視線。

「……なんか、やばいね」

体温が一度上がったんじゃないかというくらい、照れくささで全身が熱を持った。

「俺の顔、本当に好き？　嘘じゃない？」

「かっこいい。すごく好みの顔だって、出会ったときからずっと思ってた」

「良かった」

下着も全部取り去って、裸になって抱き合った。お互いを求める象徴が擦れ、興奮した吐息で部屋が満たされていく。

「ローション、ある？」

誉也が訊いた。うん、と頷いて瑞生がベッド下から取り出すと、訊いたのは誉也なのに、「なんか悔しいな」と不満めいた顔をした。

「何が？」

「だって、それ、あいつと使ったんだろ」

こんなときに思い出させないでほしいと思うが、嫉妬されるのは嫌じゃない。

「使ってないよ。そもそも、誰かを部屋にあげたことないし」

「え？」

「自分のテリトリー、他人に荒らされるの好きじゃないんだ」

「俺はいいんだ？」

瑞生の手からローションを奪い、手のひらに押し出しながら誉也がにやりと笑った。

「誉也くんは他人じゃないでしょ」

そう答えた瑞生の脚を割り開いて、誉也は完全に勃《た》ちあがったペニスをやさしく握った。

「やり方、わかる？」

男同士は初めての誉也に、瑞生がリードしようかと提案すると、「調べたから大丈夫」と首を振られた。

「でも、痛かったら教えて」

手のひらで温められたローションが、竿《さお》から陰嚢《いんのう》、そして後孔へと塗りたくられる。乳首を丹念に舌で嬲《なぶ》りながら、誉也が右手でペニスを、左手で後孔の襞《ひだ》を擦る。んんっ、と思わず声を上げると、瑞生の痴態に当てられた誉也が余裕をなくした顔でキスを仕掛けてきた。

もう少しでイキそうなところまで追いつめられて、唇を離し喉を反らせる。その喉元に舌が這う。同時に動かされていた手も止まり、空中に投げだされた快感の着地点を求めるように、誉也の背中に縋った。

「なんでやめるの……っ」

意図せず声がかすれる。熱を解放したくて、下腹部が疼く。

「出しちゃったらあとがしんどいんでしょ？」

俺のももっと触って、と誉也が瑞生の手を取って自分の兆しに導いた。

ずっしりとした重みに、ぎょっとする。思った以上に大きくて、硬かった。こんなの入るだろうかと心配になるが、それと同じくらい期待する自分もいた。思わず唇を舐める。

「おっきい」

「爆発しちゃうからかわいいこと言って煽《あお》らないで」

恐る恐る上下に擦ると、どくどくと血管が収縮するのがわかった。ふうふうと誉也の熱い鼻息が首筋に当たる。先端からじわりと先走りが漏れてきて、瑞生の指を濡らしていく。

「……もうやばい。ねえ、瑞生さん、指、挿れてみていい？」

風呂場で中を洗うときに少しだけ解《ほぐ》したが、しばらくこういう行為をしていなかったせいか、そこはまだ侵入を拒む処女のように固く閉ざしていた。

「うん、ゆっくり、して」

「大事にするって言ったでしょ」

誉也がローションを足して、襞をやさしく拡《ひろ》げていく。

「んんっ」

指の先端が中に押し込まれたとき、上擦った声が出た。誉也の一部をはしたなくねだるようにひくひくと孔《あな》が蠢《うごめ》いて、よりいっそう深く取り込もうとする。

人差し指を根元まで埋めたところで、空いた手で誉也が瑞生のペニスを支えた。何をするかと思えば、誉也はそのままぱくりとペニスを口に含んだ。

「ちょ、何して……ああっ！」

敏感な亀頭を、熱い舌が這う。裏筋を舐めあげられ、背骨がしなった。

「や、やだ！」

そんなこと、誉也にはさせられない。もともと男が好きで慣れている瑞生ならまだしも、男は初めてだという誉也が、ペニスを舐めるという行為に抵抗がないわけがない。

「ふぁんれ？」

頬張ったままもごもごと喋られ、瑞生はその刺激につま先をぎゅっと丸めた。

「あっ、あああっ」

「ひもひいいれしょ？」

「や、喋らないでっ」

誉也の頭を掴んで引きはがそうとするが、すると今度は後孔に挿入されていた指が抜き差しをはじめた。

「同時には、ダメ……っあ！　誉也くんっ」

ううっと恥ずかしさと快楽でじんわりと涙が出てくる。煽るようにジュポジュポと卑猥《ひわい》な音をわざと立て、誉也が緩んできた後孔にさらに指を突き入れた。

「あっ、あっ、んんん」

そしてまた、イキそうになったところで止められる。

「はあっ、はあ……っ」

全力で走ったあとのように、息が苦しい。

「どのくらい解せばいいの？」

じゅぽんっ、と口を離して、誉也が訊く。中に挿れた二本の指を開きながら、快感を途切れさせないよう内腿の敏感な部分をさわさわと愛撫《あいぶ》するのも忘れない。

「……も、いい、いいから」

挿れやすいように自ら腰を浮かせ、両手でぐっと尻を開くと、一際大きく唾を呑む音が響いた。

「凶悪だな……っ」

――早く、欲しい。怖いくらい大きな誉也のペニスで、ここを埋めつくしてほしい。

「誉也くん、」

神聖なものに触れるように、ちゅ、と唇を吸われ、後ろにぴたりと硬くなった先端が宛がわれる。

そしてゆっくり、肉を割って熱い塊が瑞生の中に入ってくる。

「……っ、は」

「く……っ」

この圧迫感が愛おしい。本来入れられるべきではないところに入っている異物感。他人と――誉也と繋がっているというまぎれもない証拠。

「瑞生さん、痛く、ない？」

瑞生は細かく首を振った。

「ん、きもち、い」

もっと。もっと奥深くまで抉《えぐ》ってほしい。懇願するように見つめると、それで伝わったのか、誉也が腰を押し進めて、一気に全部を中に収めた。尾てい骨がわなないて、脊髄を伝って脳に快楽が押し寄せる。

「んあぁ、う……っ」

挿入の圧迫感に息をするのも忘れて、うまく呼吸ができなくて、金魚鉢の金魚みたいに口をだらしなく開けたり閉じたり。

「っ、動いて、いい？」

「好きな、よに、動いて」

全部を収めてしまえば、不安などなかったかのように瑞生の身体は柔軟に彼の屹立《きつりつ》に馴染んだ。そして快楽を得ることを覚えてしまった身体は、火照り、汗ばみ、熱の解放だけを求めて収縮した。思考のなくなった空っぽの頭には、ただただ生理的な欲求だけが充満する。

だが、それほどまで本能に従順になれるのは、相手が誉也だからだ。何もかも安心して、身体を預けられる。

「……くっ、あ」

揺すられながら、誉也の背中に手を回す。唇を閉じて声を押し殺していると、首筋を舐められ閉じていた口から力が抜けた。

「んっ、あっ、や、たか、や」

乱れた息で、名前を呼ぶ。よりいっそう激しくなった出入りに前立腺を刺激され、粘液が鈴口から溢れて、とろとろと竿を伝う。

パンパンになった陰嚢に時折誉也の腹筋が当たってそれがさらに刺激になる。

だんだん誉也の動きが小刻みになっていく。瑞生自身にも手が添えられ、追い込むように上下に扱《しご》

かれる。

ああ、もう、出る――！

瑞生が唇を嚙みしめると、絶妙なタイミングで誉也が腰を強く打ちつけた。それが最後の一押しで、あ、あ、とか細く啼《な》いて、瑞生は腹の上に白濁とした液体を撒《ま》き散らした。

それとほぼ同時に誉也も、ぐんっとこれ以上入らないところまで腰を押しつけて、ぶるりと身体を震わせた。


「瑞生、こっちこっち」

外を歩くとじんわりと汗をかくようになってきた夏の初め、瑞生はとある自然豊かな田舎街の駅に降り立った。

「ちょっと待ってよ、誉也」

楽しそうに先を行く誉也を追いかけて、小走りに走り出す。

駅から徒歩十分ほど。大きな川の傍に建てられた立派なコンクリート造りの建物が見えてきた。

「あ、あそこだね」

広い駐車場には、何台もの観光バスが停まっていて、来客が多いことが窺えた。

――日本絵師動物画展。

建物の外壁に、そう書かれた大きな垂れ幕が掛かっている。

ここは、川瀬氏が応挙の雪景双鶴図を譲り渡した美術館だ。目玉である丸山応挙の文字を見て、瑞生は満足げに頷いた。

展覧会が始まって、一週間が経つ。初日のお披露目式には、川瀬氏が招待されて参加したが、瑞生と誉也は仕事の都合上ついていくことができなかった。

せっかく手掛けた仕事なのだから、ついでにデートも兼ねて出掛けようと誘ったのは誉也のほうだった。

チケットを買い、他の美術品も見ながらふたりでゆっくりと館内を回る。そしていよいよ、展示スペースへ足を踏み入れた。

たくさんの人が、あの掛け軸の前に群がっていた。

白く冷たい雪の中で、二羽の鶴がお互いを温め合っている。

その様子を、皆静かに、けれど情熱を持って、眺めていた。

その顔が、かつての父と重なった。

「ああ……」

思わず、ため息が出た。胸の中で凍っていた最後の雪が、さらさらと融けていく。

「良かった」

誉也も同じように、つぶやいた。

「いいところに譲られて、本当に良かった」

皆が展示されているなか、どうせ誰も見ていないだろうと、瑞生は誉也の手をそっと握った。

「愛されてるね」

誉也を見上げると、目を細めて愛おしそうにその光景を見つめていた。大好きな祖父の、大好きな作品だから、誉也も嬉しいのだ。

「仲介してくれたのが瑞生で、本当に良かった」

ぎゅっと力強く手が握り返された。

「瑞生に会えて、本当に良かった」

「うん」

俺も、と瑞生も頷いた。

誉也と出会って、いろんなことを知った。そしてこれからも、ふたりでいればきっといろんなことを知っていくのだろう。

自分たちの順番が来て、双鶴の前に立つ。

誇らしさが、胸に広がる。

長く続いていた、冬が、今終わりを告げる。

隣の花は赤い

「げっ、的場《まとば》……さん」

雪がちらつく一月の中旬、運動がてら東京《とうきょう》メトロを銀座《ぎんざ》で降りて汐留《しおどめ》方面に向かっていたときだった。見覚えのあるセンチュリーがゆっくりと近づいてきて誉也《たかや》の横で停《と》まり、窓が開いたと思ったら、会いたくない人物が顔を覗《のぞ》かせた。

「やあ。クリスマス以来だな、川瀬《かわせ》誉也」

――的場克博《かつひろ》。

誉也の恋人、岩倉《いわくら》瑞生《たまき》の取引相手で、かつて瑞生が身体の関係を持っていた男だ。瑞生は彼のことを何とも思っていなかったらしいが、初めて会ったときから、誉也はこの的場という男には自分と同じ匂いを感じていた。

「お久しぶりです。どうしたんですか、こんなところで。俺、急いでるんで話してる暇はないんですけど」

誉也がニコニコとつくり物めいた笑顔を浮かべると、的場はふっと鼻で笑って言った。

「ミズキはお前をお人好《よ》しでやさしい好青年だと思っているようだが、まるで違うな。結構な食わせ物だ。おまけに性格も悪い」

「お褒めに預かり光栄です」

誉也は大仰に頭を下げ、礼を言った。

恋人と寝ていた男相手に、心を開いて話ができる人間がいたら、それこそ本物の馬鹿《ばか》だ。

「少し話さないか。目的地まで送ろう」

「俺は話なんてないです」

笑顔のままつっけんどんに言い放つと、しかし的場は余裕のある顔で顎をしゃくった。乗れ、ということらしい。人に命令することに慣れている様子で、その独特なオーラからも、彼が裏社会の人間だということが伝わってくる。

無視したところで誉也をどうこうするとは思えないが、ここで頑《かたく》なに拒むのも瑞生の現恋人として余裕がなさすぎる気がして、誉也は運転手が開けたドアに身体を滑り込ませた。

「何ですか、話って」

ウインカーをカチカチ鳴らし、車はスムーズに車線へと合流する。

「目的地は？」

「すぐそこです。シティセンターの近く」

「本当にすぐそこだな」

つまらなさそうに言って、的場は脚を組み替えた。

「ミズキとはうまくいってるのか？」

訊《き》かれ、誉也は「おかげさまで」と満面の笑みで答えた。

「今からデートですよ」

「なるほどな。浮かれているわけだ」

実際、瑞生との交際は順調だった。誉也がイメチェンしたおかげかどうかは知らないが、瑞生は前にも増して誉也をうっとりとした目で見るようになった……気がする。

「これも私のおかげだな」

まるで自分の功績のように言われ、誉也はムッとした。だが、確かに的場の言うとおりだ。彼に背中を押されなければ、自分はいつまでも瑞生を待ってばかりで、最後の一手を決め打とうとはしなかったに違いない。クリスマスの御膳立《おぜんだ》てにも、感謝はしている。

的場は、本当に瑞生のことが好きだった。だから瑞生が心から幸せになるよう、身を引いたのだ。そして誉也に託した。

「……アドバイスをしていただいたことは、ありがたいと思っています」

だからこそ、悔しい。自分を一番に考えるのではなく、愛する人の幸せを一番に考えられるこの男は、ライバルである誉也から見ても、憎たらしいほどかっこいい。

ぐぬぬ、と誉也が心の中で漫画のような唸《うな》り声を上げていると、的場が拍子抜けしたように肩を落とした。

「君は本当に張り合いがないな。気が抜ける」

「は？」

「もう少し意地を張ったりすればいじめ甲斐《がい》があるというのに。性根から腐りきった男だったらこちらも手加減しないで済むんだがな」

「俺がそんな人間なら、そもそも瑞生さんとの交際を認めていないでしょう、あなたは」

「まあ、それもそうだな」

ふっと自嘲気味に笑って、的場は窓の外を眺めた。ガラスに反射した的場の顔は、どこか寂しそうで、まだ失恋から立ち直っていないのが誉也にもわかった。

それもそうだよな、と思う。いつから的場が瑞生のことを好きだったかはわからないが、少なくとも五年以上は付き合いがあるのだ。出会って半年ほどしか経《た》っていない誉也には想像もできない感情があるのだろう。

だからといって、瑞生を譲る気は毛頭ない。出会ってからの時間の長さだけがすべてではないのだ。

数分で、待ち合わせ場所のランドマークが見えてくる。

「……このへんで降ろしてください」

誉也が言うと、無表情な運転手がバックミラーでちらりと誉也を見遣《みや》り、頷《うなず》かないまま車をすっと路肩に停めた。

「送っていただいてありがとうございました」

礼を言って誉也が車を降りようとすると、的場が意地の悪い笑みを浮かべて言った。

「ミズキに飽きたら、いつでも返してくれ。傷心のミズキを、今度こそ私がもらい受ける」

「誰が！」

咄嗟《とっさ》に怒りが口に出た。誉也が感情を剥《む》き出しにしたのを見て、的場は愉快そうに声を上げて笑うと、さっさと行け、と言わんばかりにしっしと手を振った。

乱暴にドアを閉めて、彼に背を向けたあと、あっと気づいて誉也は振り返った。だがすでに車は車線に戻り、的場の姿は見えなくなっていた。

「……やられた。くそっ」

わざと煽《あお》るようなことを言って、瑞生のために釘《くぎ》を刺したのだ。本当に、最後まで抜け目のない男だ。

まだまだ、男として的場には敵《かな》わない。誉也がこぶしを握りしめていると、ポケットに入れていたスマートフォンがぶるぶると震えた。画面を見ると瑞生からで、もうシティセンター近くのコーヒーチェーン店に到着したという。

待ち合わせの時間までまだ十分近くある。誉也は遅刻しない主義ではあるものの、予定時間より数十分も前に到着しておくというきっちりしたタイプでもない。

こういうところだ、と誉也は己のルーズさに天を仰いだ。

「待たせるなんて、かっこ悪いなぁ、俺」

的場なら、瑞生を待たせることなくスマートにエスコートしただろう。そう思うと、自分のダメさ加減にイライラする。

中で待ってて、と慌てて返信し、誉也は道を急いだ。

ものの二分ほどで誉也も目的地に到着し、きょろきょろと店内を見回すと、窓際の席で雪を眺める瑞生を発見した。

「お待たせ、瑞生さ……、」

名前を呼ぼうとして、誉也はいったん口を閉じた。そしてンッと咳払《せきばら》いをすると、訝《いぶか》しげな顔で振り向いた瑞生に向かって、言い直す。

「お待たせ、瑞生」

ほんの少しの、対抗心から。俺だって瑞生と呼び捨てにするくらい親しくなったんだという、優越感を確かめたかったのだ。

途端、瑞生の顔がさあっと朱に染まった。

「ちょ、何、いきなり」

照れているのをごまかすように、瑞生がぱたぱたと顔の前で手を振った。だが、赤くなった顔とニヤけた口元は隠せない。三つ年上のこの人が、こんなふうに初心《うぶ》な反応を見せてくれるのは、堪《たま》らなく嬉《うれ》しい。

「んー、なんか、もっと恋人っぽくなるにはどうしたらいいだろうって思ってね。いつまでもさん付けじゃ他人行儀でしょ」

誉也が言うと、瑞生はきゅっと顔をしかめてから、「確かに」と頷いた。それから思いついたように、顔を輝かせて誉也の袖を引いた。

そして、

「じゃあ、俺も誉也って呼ぶ」

無邪気に笑いながら、とんでもない爆弾を落とす。

「……これは、かなりクるね」

誉也が呼び捨てで呼んだとき、瑞生が照れた理由がわかった。言われたほうも、とんでもなく恥ずかしい。もちろん、いい意味で。

「でしょ？」

得意げに瑞生が肩をすくめたのを見て、誉也は抱きしめたい衝動に駆られた。だが、ここは公共の場で、人目も多い。ぐっと衝動を抑えて、カウンターチェアを引いて瑞生の隣に座る。

「外、かなり寒かったよね」

労《ねぎら》うように、瑞生が飲みかけのコーヒーを誉也に手渡した。店内は暖房が効いていて暖かいが、外から来たばかりの誉也の身体はまだ冷気が残っていた。

「ありがとう」

冷えた指先をカップで温めながら、誉也は訊く。

「海外出張、どうなったの？」

先日、デートの約束を取りつけたとき、電話で瑞生が言っていたことだ。ニューヨークで大規模なオークションがあるため、しばらく会えなくなる、と。

「日本の美術品が出品される予定だから、俺が当然メインで動くことになるし、少なく見積もっても一ヶ月はあっちだね」

「一ヶ月も？」

ただでさえお互いの都合がつかなくてなかなか会えないというのに、付き合いたてで蜜月の自分たちには過酷すぎる期間だ。

「向こうのお偉いさん方との付き合いもあるし、鑑定してほしいっていう収集家の人からの依頼もあるからね」

「それで、いつ発《た》つの？」

「来週の水曜日」

今日は土曜日で、出張までもう一週間もない。今日が出張前の最後の逢瀬《おうせ》ということになる。絶望的な気持ちになって、誉也がしょんぼりと肩を落としていると、瑞生がふっと笑って誉也に顔を近づけた。

「だから今日、誉也をたっぷり補充していこうかと思ってるんだけど」

耳元でそう囁《ささや》かれ、冷えていた誉也の身体が一気に熱を持つ。

「えっと、それって……」

「外でデートもいいけど、ランチ食べたらうちでゆっくり過ごしたいな、なんて」

そんなことを言われてしまえば、ランチ中もそわそわして落ち着くわけがなかった。

奮発して少し高めの肉たっぷりのランチを食べて、しかし味の余韻に浸ることもなく、身を寄せ合うようにして瑞生の自宅まで急いだ。

「雪、積もるかもね」

寒い寒いと言いながら玄関のドアを閉めたところで、天気の心配をする瑞生を後ろから抱きしめた。

そのまま顎を取り、振り向かせてキスを仕掛ける。

「んう……っ」

瑞生の口内は外気温と比べて驚くほど熱く、繋《つな》がった粘膜から徐々に温まっていく。

「こら、こんなところでイチャついてたら身体冷えちゃうでしょ」

少しくらいなら大丈夫だろうと、傘を差さずに歩いたため、コートには薄《う》っすら雪が積もっていて、しんと冷えた雪の匂いがする。

「雪景双鶴図《せっけいそうかくず》みたい」

祖父が所有していたあの応挙《おうきょ》の掛け軸のように、雪の中で身を寄せ合っていた自分たちは、まさに番《つがい》だ。

「確かにね」

くすりと笑い、瑞生が誉也の肩に顎を乗せる。ますます首を絡める鶴に似て、誉也もくすくすと笑い声を上げた。

「早くベッド行こ」

「その前に、一緒にお風呂に入って身体を温めないと。暖房で部屋があったかくなったくらいに出て、そのままベッドでイチャイチャしよう」

「いいね」

瑞生の提案に、誉也は頷いた。好きな人と風呂に入るのは、実は初めてだったりする。瑞生と付き合ったらやってみたかった憧れのシチュエーションに、誉也は服を脱ぐ前から想像だけで自身を昂《たかぶ》らせていた。それを目敏《めざと》く見つけて、瑞生が仕方ないな、と色っぽく撫《な》でさする。

「誉也、まだまだ若いね」

「瑞生だってそうだろ」

自分だけ興奮しているのが恥ずかしくて、乱暴な口調で瑞生を抱きすくめて唇を塞いだ。そのまま服を剝ぎ取るように脱がし、バスルームに押し込める。

「ふふっ、寒いね」

「くっついていればマシでしょ」

ぎゅうぎゅうと瑞生を抱きしめて、わざと硬くなった昂りを瑞生の腹に押し当てた。

「あっ、誉也、当たってる」

「俺を補充したいんじゃなかったの？」

「そう、だけど」

ふたり揃《そろ》ってシャワーを浴びながら、バスタブにも湯を溜《た》める。そのあいだ、誉也は瑞生の肌の感触を確かめるように全身を愛撫《あいぶ》していった。

瑞生が誉也を補充したいように、誉也だって瑞生を補充しておきたい。

尻を揉《も》みしだき、そのまま隘路《あいろ》の奥に手を伸ばそうとしたところで、瑞生が誉也の胸を押し返した。

「ん……、誉也くん、やっぱり、ここじゃダメだ」

恥ずかしそうに言った瑞生の手を、誉也は摑《つか》んだ。

「誉也、だろ」

「……っ、誉也」

「どうしてダメ？　もうお互いこんなになってるのに」

ぐりぐりと股間を押しつけた先で、瑞生のペニスも硬くそそり立っている。

「それは……」

もじっ、と瑞生が身体を捩《よじ》らせたとき、誉也ははたと気がついた。風呂場の大きな鏡に、瑞生のしなやかで美しい後ろ姿が映っている。

「なるほど」

にやりと誉也は笑い、瑞生の尻を両手で左右に割り開いた。

「あ……っ」

鏡越しに、熟れた赤い蕾《つぼみ》がくっきりと映し出される。

「瑞生のここ、いやらしくひくついてるね」

「言わないで……っ」

嫌がっている素振りだが、瑞生の中心は萎えるどころかますます硬くいきり立ち、誉也のそれに擦《こす》れている。本気で嫌がってはいないだろうと判断し、誉也は自分の指にたっぷり唾液を絡めると、そのままゆっくり瑞生の窄《すぼ》まりに指を突き入れた。

「ああ……っ」

ぐちょぐちょと指で掻《か》き回される穴の様子が、よく見える。

「や、誉也、見ないで……！」

「なんで？　綺麗《きれい》だよ、瑞生」

すぐに拡《ひろ》がって、誉也を受け入れる準備を整えた後孔を、襞《ひだ》がなくなるほど引き伸ばすと、中のピンク色の粘膜がちらりと見えた。ひくひくと蠢《うごめ》くそれに、誉也の理性が焼き切れて、「いい？」と訊くと、瑞生が答える前に、くるりと瑞生の身体を反転させ、昂って雫《しずく》を零《こぼ》す切っ先をぬかるみへと突き入れる。

「や、あ……っ」

無駄な肉のない綺麗な背中がしなり、支えをなくした瑞生は鏡のほうへ凭《もた》れかかった。

「あっ、あっ、あ、ン……ッ」

「ほら、瑞生、自分が今どんな顔してるか、見れるよ」

「やだ……っ、言わないでってば」

頑なに下を向く瑞生の腕を手綱のように引っ張って、誉也は顔を上げさせた。

「ほら、見て。めちゃくちゃかわいくて色っぽいよ」

「やぁ……っ」

薄目で自分の痴態を見た瑞生が、中にいる誉也をぎゅうっと締めつけた。

「……っ、瑞生、俺もうイキそう」

ぱんぱんとさらに激しい肉音がバスルームに反響し、やがて瑞生の一際高い喘《あえ》ぎ声が耳に届いた。

何もかもを搾《しぼ》り取るような蠕動《ぜんどう》に、誉也もくっと歯を食いしばり、瑞生の内壁をびしゃびしゃと濡らしていく。


「……ごめん、瑞生」

「大丈夫だって」

一戦交えたあと、はっと理性を取り戻した誉也は、スキンをつけていないことを思い出して、ひたすら瑞生に謝り倒した。中に吐き出された白濁を瑞生が掻き出すのを見つめながら、その姿にうっかりまた勃起してしまったのも、あまりに情けなくて、誉也は謝りながら項垂《うなだ》れた。

「俺、ほんとダメダメだね。全然余裕ないや」

「そんなことないよ」

落ち込みついでに、朝会った的場のことを思い出し、誉也は自分と彼を比較してさらに落ち込んだ。

的場なら、こんな自分本位なセックスはしないだろう。きっと瑞生をとろとろに気持ちよく溶かして、それから——と考えているうちにむかむかしてきて、誉也はシャワーを浴びている瑞生の身体をぎゅっと引き寄せた。

「わっ、何？」

「瑞生を今までの誰よりも気持ちよくしたいのに、自分が気持ちよくなるばっかりで、ごめん」

「そんなこと気にしてたの？」

　手を止めて、瑞生がおかしそうに誉也を振り向いた。

「今までの誰より、誉也とのセックスが気持ちいいに決まってる。だって、好きな人としてるんだよ？　こんなに求められて嬉しくないわけないいじゃん」

　キスをされ、満面の笑みで抱きしめ返された誉也は、自分でも単純だと思うくらい心が浮き上がるのを感じた。

　——そうだよ。瑞生が選んだのは的場じゃなくて自分だ。

　だが、まだまだ心の奥底で、的場に負けを認めてしまっている自分がいる。いつか、彼よりもいい男になったと思えるように、己を磨かなければ、と誉也は心に誓った。

　だが今はとりあえず——、

「もう少し瑞生を補充してもいい？」

　窺《うかが》うように額を合わせた誉也に、瑞生の唇がしっとりと重ねられた。

あとがき

はじめましての方ははじめまして、お久しぶりな方はお久しぶりです、寺崎《てらさき》昂《すばる》です。このたびは拙作をお手に取っていただきありがとうございます。

　リンクスロマンス様では初めて獣人ではないジャンル、お仕事モノで書かせていただきましたが、いかがだったでしょうか。

　さて、今作はあまり耳馴染みのない、オークショニアという仕事をメインに物語をつくってみました。昔からよく祖父母と某お宝鑑定番組を見ていたのですが、たまにＶＴＲに出てくる「オークション会場でカンカン木槌を振るっている人」は一体何なのか……という疑問を抱いていました。しかしまあ、なんとなく「多分オークションを取り仕切る偉い人なんだろうな」と自分の中で勝手に解釈＆完結して、結局大人になるまで詳細を調べずじまい……。

　それならなぜオークショニアを書こうと思ったかと言うと、お仕事モノを書いてみようと思ったタイミングで、たまたま高校時代の友人と美術館で日本画展を見る機会があったからです。美術品をテーマにしたら面白そうだな～と考えはじめ、そう言えば、と思い出したのが木槌カンカンの人でした。調べてみると想像していたよりずっと面白い仕事内容で、それからみるみるうちにキャラクターや構成が決まりました。

いやあ、お仕事モノを書くのって、自分の全然知らない世界を調べることから始まるので、本当に楽しいですね。世の中にはこんな仕事があるんだ……と感心しきりです。

そしてお仕事モノという以外の今回のテーマは『和解』でした。瑞生《たまき》と父親との和解もそうですが、主な和解相手は瑞生自身です。今まで生きてきた自分の人生をきちんと受け入れられるかどうか。読んでくださっている方も何かしらの蟠りと和解してみようかな、と思っていただけるきっかけになったら幸いです。

それから、この場を借りてイラストを担当してくださった兼守《かねもり》美行《みゆき》先生にお礼を。まずは急なお願いにも拘らず引き受けてくださったこと、心から感謝しております。キャララフの段階からまあ瑞生が美人で美人で……。色っぽさというか艶が理想以上でした。誉也《たかや》のビフォーアフターも最高でしたね……。特に口絵のもっさり誉也、最高すぎませんか!? もっさりなのにイケメンなのがダダ洩れていて、思わずほうっとため息が出ました。それから密かにお気に入りの的場《まとば》氏も兼守先生の絵で見られて感無量です。本当にありがとうございました！

そして編集部様（担当M様）、この本に関わってくださったすべての方々に感謝します。

支えてくれた家族、相談にのってくれたり、美術館に一緒に行ってくれた親友のけむし、toshiにはより一層の感謝を。普段構ってくれるだけでなく、手に入らないと嘆いていた私にミ●ドの福袋を送ってくれたつばなさんには大大大感謝を。

今回執筆中にノートパソコンにお茶をぶちまけてお釈迦にした猫にはお仕置きを……と言いたいところですが、目を離した私も悪いし、その分癒しも与えてくれたのでチャラにします。

読んでくださったあなたには最大級の感謝と尊敬と祝福を。

お手紙やTwitterなどで感想をいただけると光栄です。ではまたどこかで。

令和五年一月　寺崎　昴

ギフテッド
～狼先生は恋をあきらめない～
ぎふてっど～おおかみせんせいはこいをあきらめない～

寺崎 昴
イラスト：笠井あゆみ

本体価格870円+税

【先天性獣化症】というめずらしい症状のため、狼のような姿で生まれてきた祭は、人と違うことで偏見の視線を受けながら育ってきた。
社会の中で心に刺さる棘を時折意識しながら、それでも大学生になるまでまっすぐ生きてきた祭。そんな祭はある日、家庭教師のバイトで高校を中退し引きこもっているという、弟と同い年の少年・哲平と出会う。
自分に対し偏見も持たず、気後れもせず、まっすぐ向かい合ってくれるクールだけれど独特な雰囲気を持つ哲平から、徐々に目が離せなくなる祭。そして、実は哲平も、人とは違った個性を抱えていると知り――？

リンクスロマンス大好評発売中

アゲインスト
～犬嫌いは黒柴社長と恋に落ちるか～
あげいんすと～いぬぎらいはくろしばしゃちょうとこいにおちるか～

寺崎 昴
イラスト：yoshi彦

本体価格870円+税

製菓会社の人事異動により過疎化の進んだ温泉街担当にされてしまった赤城。現地で出会った取引先新社長は、黒柴犬型の獣化症患者・洞ケ瀬猛だった。しかし、赤城は実は大の犬嫌い！　洞ケ瀬を見て恐怖に固まってしまう。失礼な態度を取ったにも関わらず、親切に接してくれる洞ケ瀬に申し訳なさを覚えつつ、近寄られたらびくついてしまう日々の中、洞ケ瀬は嫌うどころか興味津々で赤城を見るたびに尻尾を揺らしている。聞けば犬嫌いなのに自ら寄ってこようとしている人間は赤城が初めてだから面白いのだと言う。黒柴社長・洞ケ瀬に気に入られた犬嫌い・赤城の運命と恋の行方は――？

小説原稿募集

リンクスロマンスではオリジナル作品の原稿を随時募集いたします。

募集作品

リンクスロマンスの読者を対象にした商業誌未発表のオリジナル作品。
（商業誌未発表のオリジナル作品であれば、同人誌・サイト発表作も受付可）

募集要項

＜応募資格＞

年齢・性別・プロ・アマ問いません。

＜原稿枚数＞

４５文字 ×１７行（１枚）の縦書き原稿、２００枚以上２４０枚以内。
※印刷形式は自由。ただしＡ４用紙を使用のこと。
※手書き、感熱紙不可。
※原稿には必ずノンブル（通し番号）を入れてください。

＜応募上の注意＞

◆原稿の１枚目には、作品のタイトル、ペンネーム、住所、氏名、年齢、電話番号、メールアドレス、投稿（掲載）歴を添付してください。
◆２枚目には、作品のあらすじ（４００字～８００字程度）を添付してください。
◆未完の作品（続きものなど）、他誌との二重投稿作品は受付不可です。
◆原稿は返却いたしませんので、必要な方はコピー等の控えをお取りください。
◆１作品につき、ひとつの封筒でご応募ください。

＜採用のお知らせ＞

◆採用の場合のみ、原稿到着後６カ月以内に編集部よりご連絡いたします。
◆優れた作品は、リンクスロマンスより発行させていただきます。
原稿料は、当社既定の印税でのお支払いになります。
◆選考に関するお電話やメールでのお問い合わせはご遠慮ください。

宛先

〒151-0051
東京都渋谷区千駄ヶ谷４−９−７
株式会社　幻冬舎コミックス
「リンクスロマンス　小説原稿募集」係

LYNX ROMANCE

イラストレーター募集

リンクスロマンスでは、イラストレーターを随時募集いたします。

リンクスロマンスから任意の作品を選び、作品に合わせた
模写ではないオリジナルのイラスト（下記各1点以上）を描いてご応募ください。
モノクロイラストは、新書の挿絵箇所以外でも構いませんので、
好きなシーンを選んで描いてください。

1 表紙用 カラーイラスト

2 モノクロイラスト（人物全身・背景の入ったもの）

3 モノクロイラスト（人物アップ）

4 モノクロイラスト（キス・Hシーン）

募集要項

＜応募資格＞

年齢・性別・プロ・アマ問いません。

＜原稿のサイズおよび形式＞

◆Ａ４またはＢ４サイズの市販の原稿用紙を使用してください。
◆データ原稿の場合は、Photoshop（Ver.5.0 以降）形式でＣＤ－Ｒに保存し、
出力見本をつけてご応募ください。

＜応募上の注意＞

◆応募イラストの元としたリンクスロマンスのタイトル、
あなたの住所、氏名、ペンネーム、年齢、電話番号、メールアドレス、
投稿歴、受賞歴を記載した紙を添付してください（書式自由）。
◆作品返却を希望する場合は、応募封筒の表に「返却希望」と明記し、
返却希望先の住所・氏名を記入して
返送分の切手を貼った返信用封筒を同封してください。

＜採用のお知らせ＞

◆採用の場合のみ、６カ月以内に編集部よりご連絡いたします。
◆選考に関するお電話やメールでのお問い合わせはご遠慮ください。

宛先

〒151-0051 東京都渋谷区千駄ヶ谷 4−9−7
株式会社　幻冬舎コミックス
「リンクスロマンス　イラストレーター募集」係

この本を読んでの
ご意見・ご感想を
お寄せ下さい。

〒151-0051
東京都渋谷区千駄ヶ谷4-9-7
(株)幻冬舎コミックス　リンクス編集部
「寺《てら》崎《さき》 昴《すばる》先生」係／「兼《かね》守《もり》美《み》行《ゆき》先生」係

リンクス ロマンス

雪融けのオークショニア

2023年1月31日　第1刷発行

著者……………寺《てら》崎《さき》 昴《すばる》
発行人…………石原正康
発行元…………株式会社　幻冬舎コミックス
〒151-0051　東京都渋谷区千駄ヶ谷4-9-7
TEL 03-5411-6431（編集）
発売元…………株式会社　幻冬舎
〒151-0051　東京都渋谷区千駄ヶ谷4-9-7
TEL 03-5411-6222（営業）
振替00120-8-767643
印刷・製本所…株式会社　光邦
検印廃止

ISBN978-4-344-85147-4 C0293
Printed in Japan

幻冬舎コミックスホームページ　https://www.gentosha-comics.net